Birgit Vanderbeke
Fehlende Teile

PIPER

Zu diesem Buch

Ihr Name ist Lila, und ihr schwarz gewelltes Haar gleicht dem einer Hexe. Neben der Schauspielerei liebt sie das Chaos, den Luxus, einsame Spaziergänge – und einen Mann, der vorgibt blind zu sein. Aus Angst, in Gleichgültigkeit zu verfallen, führen die beiden einander mit »Liebeslügen« an der Nase herum, spielen mit Identitäten und täuschen sich gegenseitig, ganz bewusst. Eines Tages erfindet Lila einen dänischen Liebhaber, dessen Briefe sie – ganz zufällig – in der Wohnung herumliegen lässt. Ihr blinder Mann kann nun Verdacht schöpfen und sich in der bewussten Nichtbeachtung der Briefe üben. Nur wenn Lila erzählt, beschreibt sie die Dinge, wie sie sind. Denn die Liebe, soll sie nicht im Leerlauf enden, verlangt nach einer fesselnden Erzählstrategie ... Und so bleibt alles Inszenierung und schöner Schein – ob Liebe, ob Eifersucht. Höchst kunstvoll, mit erhellender Komik und großem Sprachwitz arrangiert Birgit Vanderbeke ein literarisches Kammerspiel, das wunderbar leicht vorführt, unter welchen Bedingungen heute Beziehungen möglich oder unmöglich sind.

Birgit Vanderbeke, geboren 1956 im brandenburgischen Dahme, lebt im Süden Frankreichs. Für »Das Muschelessen« wurde sie 1990 mit dem Ingeborg-Bachmann-Preis ausgezeichnet. 1997 erhielt sie den Kranichsteiner Literaturpreis, 1999 den Solothurner Literaturpreis für ihr erzählerisches Gesamtwerk sowie den Roswitha-Preis, 2002 wurde ihr der Hans-Fallada-Preis verliehen, 2007 erhielt sie die Brüder-Grimm-Professur an der Kasseler Universität.

Birgit Vanderbeke

Fehlende Teile

Erzählung

Piper München Zürich

Zitate nach Max Frisch, Mein Name sei Gantenbein, sind kursiv gesetzt.

Mehr über unsere Autoren und Bücher:
www.piper.de

Von Birgit Vanderbeke liegen bei Piper vor:
Das Muschelessen
Friedliche Zeiten
Gebrauchsanweisung für Südfrankreich
Das lässt sich ändern
Die Frau mit dem Hund
Fehlende Teile

MIX
Papier aus verantwortungsvollen Quellen
FSC® C083411
FSC www.fsc.org

Ungekürzte Taschenbuchausgabe
November 2012

Umschlaggestaltung und Bildmotiv: Kornelia Rumberg, www.rumbergdesign.de
Satz: Dörlemann Satz, Lemförde
Papier: Munken Print von Arctic Paper Munkedals AB, Schweden
Druck und Bindung: CPI – Clausen & Bosse, Leck
Printed in Germany ISBN 978-3-492-30097-1

Lilalein. Kleine Lila. Das hat er gesagt. Meine Lila hat er natürlich nicht gesagt und auch nicht sagen können.
Ich hätte mit ihm nicht leben müssen, hätte ich nicht gewollt.
Meistens hat er Lila gesagt wie zu einem erwachsenen Menschen, dabei bin ich ein Kind gewesen, das ist so ein Spiel, wir tun, als ob ich erwachsen wäre, wenn Gäste da sind und manchmal auch zwischen uns selbst; dann sind wir höflich und witzig, gescheit hin und wieder, geradezu ziemlich gescheit, und als ob ich erwachsen wäre, aber doch auch vor Leuten ist es gelegentlich vorgekommen, nachsichtig: Lilalein, herablassend nicht und niemals jovial, schließlich hat er mich ja geliebt, meine offenen schwarzen Haare besonders und mich allgemein; ich habe es auch geliebt, wenn er mich auf die Haare geküßt hat, mir die Haare gestreichelt und mich allgemein, ich habe ihm auf den Knien gesessen, schmal und zärtlich und ziemlich klein, und er hat nicht ständig getan, als ob ich erwachsen wäre, jedenfalls hat er nicht so getan, als ob ich ständig erwachsen wäre, keiner von diesen Tölpeln, kein Hingerissener, Unterwürfiger, die einem bloß vor die Füße fallen und vor den Füßen liegen, wenn sie nicht gleich mit der Angst zu tun kriegen, das Erwachsensein ist mir entsetzlich gewesen, dann bin ich nach Hause gekommen, zu Hause wartet geduldig sein Leben lang dieser Mann, der das alles nicht sieht, der nur weiß, seine Frau kommt aus Bremen, oder kommt sie aus Recklinghausen, und dann habe ich ihm auf den Knien gesessen, drollig und anschmiegsam schmal, so ein Kobold mit offenem Haar, kleine Lila, eben nach Hause gekommen. Hier hat es also ein Wetter gegeben, während ich weg war? Ja sicher, in Bremen hat es auch ein Wetter gegeben, Grüße hat es für zu Hause gegeben und ein Wetter wohl

auch, vermutlich, in Bremen oder in Recklinghausen, irgendein Wetter mit Regen oder mit keinem Regen, so ähnlich wie hier oder doch ganz anders, Grüße auch jedenfalls, vom Taxi ist alles Wetter im Grunde wie gar kein Wetter, ja, eine Menge Leute, so etwa wird es gewesen sein; wenn die Sonne geschienen hätte, hätte ich es bemerkt, vielleicht einmal womöglich hat es genieselt, ja leider, ich hatte die dünnen Schuhchen an, aber Taxi bin ich gefahren, und jetzt endlich jedenfalls bin ich zuhaus.
Komm laß uns zu Hause bleiben, ich will heute nicht mehr raus.
Aber Lilalein – ,
Lilalein statt Macbeth.
Kein Aber. Komm wir bleiben heut abend zuhaus nach dem ganzen Theater, aber sicher bin ich ganz sicher, ich sage die Sache ab, den Termin, die Kultur, überhaupt sage ich einfach die ganze Kultur einmal ab und schwänze die Leute, wenn du wüßtest, wie mir die ganze Kultur allmählich zum Hals raushängt langsam, ich bin vollkommen überanstrengt davon, ein liebliches Lilapaket voller Müdigkeit, voller Überdruß, sitze ich ihm auf den Knien, mir liegt gar nichts daran, jetzt nur einen Schritt aus dem Haus mehr zu gehen, sowieso ist mir alle Geselligkeit die reinste Last, der Beruf, die Verstellung, die Leute, das halbe Leben im Zug und im Flugzeug, Hotelzimmer ganz besonders sind mir gewaltig verhaßt, abendelang könnte ich dir erzählen, wie furchtbar verhaßt mir Hotelzimmer sind und das dauernde Reden und Reden, sich selber spielen als jemand ganz anders, und am Ende noch falsches Klatschen, das besonders ist lästig. Genug jetzt, ich will heute nicht mehr raus aus dem Haus, ich sage die Sache ab. Übrigens sehe ich grauenvoll aus. So wie ich aussehe, kann ich in keinem Fall unter Leute, wenn du wüßtest, wie gräßlich ich aussehe, wie eine Hexe sehe ich aus.

Blinde sind so sanft. Kein Wort, daß er nichts davon glaubt, was ich sage. Sanft hat er mir übers unmöglich schwarz aufgelöste Hexenhaar hingestrichen, leicht auf den Hals gepustet, in die Halsbeuge, Schulterhöhle, und dann hat er sanft gesagt, was er doch nicht hat wissen können, daß ich gar nicht und keineswegs furchtbar und hexenhaft aussehen könne, und mein Haar sei gerade richtig, wie er die plustrige Aufgelöstheit geliebt hat an mir und an meinem Haar, schwarzwolkig, wolkig, mit den Händen hat er das einfach gewußt und geliebt, und dann war es ganz genau richtig. Ich habe sofort protestiert, daß ich unbedingt dabei bliebe, wie gräßlich ich aussehe, so gräßlich und ohne Gesicht und todmüde, total überanstrengt, es bleibt dabei. Wir bleiben heute daheim. Ich sage die Sache ab, die mich doch bloß langweilen würde, Leute überhaupt sind so langweilig, Männer besonders, findest du nicht, Männer mit ihren Blicken; und Aussehen ist sowieso eine Last. Ich kann heute nicht mehr aussehen, ich kann heute nicht mehr denken, und beides zugleich ist eigentlich gar nicht zu schaffen. Tatsächlich habe ich praktisch im Augenblick gerade vergessen, warum ich zufällig einen Beruf habe, ist mir gerade entfallen, eine Sehnsucht nach Ruhe habe ich ausschließlich, ein Heimweh gehabt, Stille, Alleinsein und Einsamkeit; und dem eigenen Mann – Lilalein – auf den Knien sitzen, und der eigene Mann spielt geduldig, geradezu endlos geduldig, wo nimmt der Mann die Geduld nur her, weil mein Haar so schwarzwolkig duftet, weil ich müde bin nach der Fahrt.
Was er hätte sagen können:
Lila, was redest du für ein Zeug, weil er annehmen muß, daß das alles nicht stimmt, was sie sagt, insbesondere, stellt er sich vor, stimmt es nicht, daß Lila die Mischung aus Leuten und Hotels nicht vertragen kann, im Gegenteil, denkt er, daß sie der Mischung

aus Leuten und Hotels unweigerlich ausgeliefert ist und erliegt, ihre Gier könnte er folglich erwähnen, eine beunruhigende Eigenschaft ist eine Gier nach was nur, und der Mann hat so seinen Verdacht, was die Gier angeht und wonach die Gier giert, überhaupt hat der Mann Verdächte, daß Lila zwar schwerlich erwachsen sein dürfte, jedoch auf eine Weise, die er nicht sieht, wenn er hier ist, und Lila ist unterwegs; daß Lila nicht genug haben könnte womöglich vom Leben, das sind Verdächte, die hat er, der Mann, aber das muß so sein, das alles könnte er sagen, aber er sagt es nicht; bedächtig hütet er seinen Verdacht, meine Freiheit und unsere Liebe und weiß statt dessen, daß das ganze Theater mir leid ist, zutiefst verleidet, daß es mich aufzehrt, verschlingt und zerstört, das Publikum, meine Arbeit, die eigene Tüchtigkeit, der Beruf, er weiß, daß ich noch so tüchtig sein kann in der Welt und erwachsen und bleibe erst recht schmal grazil so ein Kind, so ein Lilaleinpäckchen; die Knie bis zum Kinn hochgezogen, hat er mich auf dem Schoß, daß der Nacken jetzt frei ist, weil man die Anstrengung immer am Nacken spürt, der Nacken ist ganz verspannt, mein Nacken mitsamt seiner Nackenverspannung will jetzt sofort auf der Stelle gestreichelt werden, daß all das Verspannte sich löst und der Nacken ganz weich wird, so ein sanftes Weichstreicheln mit stillschweigend Diskretion tut auf der Stelle not und gut, ein einziges Guttun ist dieser Mann, während der Rest dieser Welt nur aus Schöntun und Böswollen besteht allenfalls, das Schöntun und Böswollen habe ich satt, übersatt, ich klage und lamentiere noch etwas über die Schöntuer und Böswoller in dieser Welt und in Bremen und über die Nackenverspannung infolge fortgesetzten Schöntuns und Böswollens, während das Streicheln mir gut tut und gut tun will und immer besser, ganz weich wird mein Nacken gestreichelt, daß die böse

Verspannung und alles Klagen und Lamentieren jetzt aufhören und verschwinden, zu den Schultern hin zieht sie schmerzhaft, die Nackenverspannung, die sich jetzt langsam löst mit dem Klagen und mit dem Lamento und weich wird, kleine Lila, und Lila, den Kopf mit dem schwarzwolkig duftenden Hexenhaar vor und hinab und ganz tief nach vorn gebeugt, die Augen jetzt auf den Knien, geschlossen, wie leicht sie ist, fängt weich an zu murmeln, zu schnurren und Kindertöne zu machen, anmutig melodiös sich zu räkeln, so ein Spiel ist das Guttun gewesen.

Und ganz nebenbei ist jedesmal wieder die Wohnung von Zauberhand aufgeräumt und geputzt worden, während ich weg war, was sie vor meiner Reise, wenn ich mich recht erinnere, nicht war, nach meiner Erinnerung hat hier das reinste Chaos geherrscht, so ein Durcheinander mit Staub und Fett, mit ungewaschener Schmutzwäsche und Geschirr; vermutlich ist Lila nicht in der Lage, die Waschmaschine ordnungsgemäß zu bedienen, das soll es geben, oder tut sie nur so, aber wunderbarerweise sind, als ich weg war, die Heinzelmännchen gekommen und haben klaglos die Katastrophe beseitigt, die ich auf Schritt und Tritt anrichte in der Wohnung und sich so ausbreiten lasse in meiner schrecklichen Schlampigkeit, daß ein Mann alle Hände voll Arbeit hat, um seine schlimmen Verdächte zu hegen und niederzukämpfen mit der gleichwohl lustigen Vorstellung, ein Anderer, so ein Jemand, ein ungewisser Jemand im übrigen, den er vage in Lilas Hotelzimmer wähnt und befürchtet, wenngleich er das nicht mit Sicherheit weiß, so ein Jemand also wäre an seiner Stelle der schicksalhaft schrecklichen Schlampigkeit einer Frau ausgesetzt, die vor der Tatsache, daß Fenster nicht von allein sauber bleiben, fassungslos kapitulieren müßte, wäre da nicht ein Mann, der das, ohne es je zu erwähnen, fernhält von Lila, so ein

Kind bin ich dann gewesen; mir fehlt jedes Talent für den Haushalt, für Ordnung etwa, für Tassen und Gläser mit Resten darin, Aschenbecher sind zum Benutzen da, Schmutz macht mich ratlos und hilflos und wehrlos und unabgewaschnes Geschirr, dafür habe ich einen Liebreiz, der mir steht und bezaubernd ist und mich reizvoll macht, der allerdings keinen Tabakgeruch vertreibt, wenn er kalt in der Wohnung steht, und von dem mir, Liebreiz hin, Liebreiz her, ehrlich gesagt, selber übel wird, der Anblick von eingetrocknetem Kaffee, die süßlich klebrigen Weinränder auf dem Glastisch, und wie sie riechen, das ist schlechterdings ekelhaft und verdirbt mir sofort den Tag und die Heimkehr, ich bin überfordert, verstört, erledigt durch jegliche Unordnung, die ich sorgsam anrichte, durch Schmutz und das unabgewaschne Geschirr, und dann kann ich unausstehlich sein, meine Lilalaunen bekommen, Lila-Divalaunen, Zusammenbrüche; wie jede Frau von Geist bin ich persönlich gemeint und persönlich verstimmt und beleidigt, wenn mir schmutzige Tassen und Gläser gleich beim Nachhausekommen zu Hause begegnen und sich in den Weg mir stellen, aufdringlich, gar noch hochgetürmt stapelweise oder am Morgen nach einem Fest diese überquellenden Aschenbecher; die Aschenbecher haben sich selbst in die Küche getragen und in den Müll ausgeleert zu haben, ich bin nicht auf der Welt, um täglich vergeblich mit Schmutz zu ringen, Kochwäsche, sechzig und dreißig Grad, ausgezogene Kleider wieder zurück in den Schrank zu hängen; meine Kleider haben Beine zu haben, von selbst in die Reinigung zu spazieren und von der Reinigung wieder zurück in den Schrank, ich kann keinesfalls damit zu schaffen haben.
Dazu bin ich nicht auf der Welt.
Ich glaube auf rührende Art an die Heinzelmännchen, die auch niemals die Blumen hinzustellen ver-

gessen, schöne Blumen sind das, selbst wenn ich drei Tage verspätet nach Hause komme, sind doch ganz frische Blumen da, die Heinzelmännchen scheinen das Telefon abzuhören, oder wie finden sie diese Verspätung heraus, und wie treiben selbst Heinzelmännchen im Februar solchen Flieder nur auf, der nach Tagen Verspätung noch immer wie Flieder aussieht und auch wie Flieder duftet. Natürlich weiß ich nichts von einem Mann, der langsam herumgeht von Laden zu Laden, während ich fort bin, und sämtliche Blumenverkäufer der Stadt schikaniert mit der leisen Bestimmtheit und Blindheit, die ihm eingibt, daß es im Februar Flieder sein muß für Lila, wenn ich nach Hause komme, weil ich beiläufig kürzlich von Flieder gesprochen hätte, so ein Kind, als gäbe es im Februar Flieder. Sehr beiläufig übrigens. Gezielt beiläufig geradezu, weil es gar nicht einfach ist, etwas zu finden, was es im Februar nicht gibt. Es gibt praktisch alles, was es in einer Jahreszeit eigentlich gar nicht gibt, in dieser Jahreszeit doch, also Erdbeeren, Ananas, Spargel; aber Flieder zu finden, der nicht erfroren und jämmerlich ist, dürfte schwierig gewesen sein. Ich weiß nichts davon, wie ein Mann sanft und deutlich die Blumenverkäufer terrorisiert hat mit höflichen blinden Fragen nach Herkunft und Zustand der Dolden, bis er den prächtigsten Flieder herausgefragt hat, der sogar auch noch duftet, wie ihn kaum ein sonniger Mai könnte wachsen und duften lassen, ich sehe keineswegs, wie entnervte Blumenhändler einem störrischen, unbeirrbar höflichen Herrn nach der Prozedur mit dem duftenden Flieder entnervte Blicke hinterherwerfen, nicht ohne Achtung übrigens, es gibt eine Unbeirrbarkeit, die zwingt einem doch Respekt ab, eine Sturheit, die keiner so recht betrügen mag; aber bei allem Respekt – ist Flieder im Februar nicht doch etwas kapriziös? Tatsächlich habe ich den Flieder, und wie sehr ich Flieder liebe, wirklich nur beiläufig erwähnt, ich weiß nur, wie die Heinzelmännchen feine Ohren haben müssen, daß sie herausgehört haben, wie ich Flieder liebe, ich kann mich selbst schon fast nicht mehr erinnern, und bei meiner Heimkehr muß ich vor Staunen kleine Freudenschreie ausstoßen, weil die Heinzelmännchen Staunenswertes mit Flieder geleistet haben, den es im Februar gar nicht gibt, während Lila divers sich hat schöntun und böswollen lassen auf ihrer Reise nach Bremen oder nach Recklinghausen. Die damit verbundenen Blumen sind vermutlich in einem Hotelzimmer mitsamt dem Trinkgeld vergessen, zurückgelassen, verblaßt, oder wie hat man sich das zu denken?

Oder sind sie am Ende gar nicht vergessen? Am besten ist es, Lila bringt diese Blumen mit heim. Wenn sie nämlich die Blumen nicht mit nach Hause bringt, halbvertrocknet, das obligate Triumphgemüse, und immer sind falsche Margeriten dabei, aus denen sich Lila nichts macht, aber wenn sie sie nicht mit nach Hause bringt, was soll denn ein Mann dann denken, und was ist dann mit seinem Verdacht? Soll er denken, sie habe in Bremen, in Recklinghausen, auch noch bei diesem Wetter, das gar kein Wetter gewesen ist, etwa keine Blumen bekommen? Soll er denken, ihm würden Blumen verschwiegen, und wenn man ihm Blumen verschweigt, hängt dann nicht wirklich noch jemand dran, der gleich mitverschwiegen wird, während Schenker von falschen Margeriten, die auch noch halbvertrocknet sind, jedenfalls sicher die falschen Schenker sind und nicht zählen, weshalb die Margeriten-Blumen nach Hause gehören als falsche Zeichen von falschem Ruhm und tiefer Gleichgültigkeit, überflüssig zu sagen, daß so ein Jemand in Gestalt von Schöntuern und Böswollern mehrfach und geradezu regelmäßig vorkommt und nur so Schlange steht mit seinen falschen Margeriten, die ich nicht leiden kann, bis auf den Bahnsteig verfolgen mich seine halbvertrockneten Margeriten lästigerweise, überflüssig zu sagen, daß ungefähr alle Menschen, denen ich außer Hause begegne, solche Jemands sind, die nur darauf warten, mich bis zum Bahnsteig langweilig zu verfolgen und zu traktieren, während Menschen ohne falsche Margeriten weder auf Bahnsteigen noch in Hotelzimmern, auch zwischendrin nirgends vorkommen, da sie nicht solche falschen Jemands, sondern ernstlich verdächtig sind und als Schenker von anderen Blumen in Frage kommen, zum Beispiel: nun – anderen Blumen eben, die dann in Hotelzimmern zurückbleiben müssen. Übrigens darf man sicherheitshalber die falschen Margeriten unter gar keinen Umständen etwa ins Wasser tun, matt und langweilig haben solche Blumen zu sein, und die Köpfe haben sie hängenzulassen, wenn man sie müde und gleichgültig ablegt im Flur mit dem Mantel, dagegen der leuchtende Lilaflieder käme gar nicht so recht zur Geltung und Wirkung ohne den halbvertrockneten Margeritenkontrast, der im Flur vor sich hin dämmert und verblaßt.

* * *

Diese Frau gibt es nicht. Nicht so. Nicht als Frau, nicht als Mensch, nicht einmal als Figur. Es gibt sie zum Beispiel als Badeanzug. Als Badeanzug liegt sie am Strand im Sand für sich hin, während um sie herum keine Badeanzüge liegen, sondern weitgehend nackte Frauen, die ihre Haut ausstellen, ihre mehr oder weniger einigermaßen vertretbaren Bäuche und Brüste der Sonne und sonstigen Interessierten darbieten am Strand, während ihnen der Mangel an Vertretbarkeit eben dieser Bäuche und Brüste angesichts der

Sonne und des stark empfundenen Mangels an sonstigen Interessierten schmerzhaft bewußt ist und anzusehen ist und erst recht schmerzhaft bewußt wird angesichts eines phänomenalen weißen Badeanzugs, eines Lila-Kostüms, das spätestens nächstes Jahr, wahrscheinlich jedoch noch an diesem Nachmittag Mode wird, werden muß: zwar schulterfrei, dieser Gegenstand, ansonsten aber ist alles geschlossen, was an einem Badeanzug nur geschlossen sein kann, gewissermaßen ist dieser Badeanzug der Inbegriff weißer Geschlossenheit, wenn nicht sogar der Verschlossenheit an sich, zu bis zum Handgelenk, kein Bauch, kein Busen zu sehen undsoweiter, verworfene Unschuld, die alle einigermaßen nervös macht, was wiederum Lila nicht wahrnimmt in ihrer Geschlossenheit, in der sich nichts bricht, wohl aber bricht sich das eine und andre an ihr; leibhaftiger Badeanzug, liegt Lila, mit sich und dem Sandstrand rätselhaft eins – das Problem der inneren Zerrissenheit, womöglich ein Männerproblem, existiert nicht für Badeanzüge – liegt Lila also bäuchlings im Sand, anstatt muschelsuchend den Strand auf und ab sich selbst und ihr Fleisch promenieren zu führen; sie tut das nicht etwa, dieses Herumliegen da im Sand, um anderer Leute mehr und mehr und jetzt allmählich vollkommen unvertretbar werdende und gewordene Bäuche und Brüste zu beschämen, das Beschämen ist nur ein Seiteneffekt des weiß geschlossen im Sand für sich liegenden Lila-Skandals, sie tut es auch nicht um der Blicke willen, die die Männer schon seit geraumer Zeit auf sie werfen und abschießen, nervöse Blicke eben, weil solche Verschlossenheit bekanntermaßen bei Männern Instinkte weckt und reizt und herausfordert, dumpfe, atavistische Jagdinstinkte erwachen um Lilas Badeanzug herum und lauern und wollen jagen, anstatt einen naheliegenden nackten Rücken und seine plötzlich zutage getretene Unvertretbarkeit mit Sonnenöl einzuschmieren, je unvertretbarer so ein Rücken sich fühlt, um so heftiger schreit er nach Sonnenöl und nach Eingeschmiertwerden, was einen Badeanzug jedoch durchaus nicht interessiert, der im Sand liegt und eins mit sich ist, eine Hand allenfalls liegt gelassen dem eigenen Mann auf dem Knie, absichtslos, aber als Geste, daß Lila zu diesem Mann nämlich gehört, in seiner bebrillten Fehlproportioniertheit ist jedenfalls das Lilas Mann, ihre Hand auf seinem Knie und die Pfeife in seiner Hand bezeugen es, ohne daß es auf ein Bezeugen ankäme, angelegt wäre mit dieser Geste; was man sieht, ist ein Badeanzug für sich, ein Badeanzug an sich, störe keiner das An- und Für-sich-Sein des herrlichen weißen Badeanzugs im strahlenden Sonnenlichtschein. Den anderen Frauen und ihren vollkommen untragbar gewordenen Bäuchen und Brüsten und sonstigen Körperteilen ist die Sache mindestens heikel. Den jungen Männern ist die Sache auch heikel, den braungebrannten Segelschullehrern, den Surfbrettsurfern und Besitzern einer zumindest vorübergehend unverwüstlichen Jugend, Unbebrilltheit, Wohlproportioniertheit und Muskelkraft, einer einstweilen ungetrübten Potenz, wenngleich immer haarscharf am Objekt vorbei, was sie aber nur ahnen, aber jetzt ahnen sie es, und es ist ihnen mindestens heikel, was dieser Mann hat, was sie nicht haben, Lilas Hand hat der Mann nämlich auf seinem Knie, ohne Absicht, denn selbstverständlich unbekümmert um eine Wirkung, die es entfesselt, liegt makellos unser Lila-Kostüm im Sand und käme im Traum nicht auf den Gedanken, daß am selben Tag noch am Nachmittag und am nächsten Tag morgens womöglich eine Anfrage in den Wäschegeschäften entstehen könnte, eine Anfrage zumal, der die Wäschegeschäfte in dieser Saison nicht gewachsen sein können, eine Anfrage nach weißer

Geschlossenheit, weil plötzlich alle am Strand anwesenden Frauen der eigenen Dickbäuchigkeit, der eigenen Hängebusigkeit, kurz, der eigenen faltigen Reizlosigkeit aufs unangenehmste innewerden und dazu noch unvorteilhaft rot einen Sonnenbrand haben, weil sie nicht gründlich und liebevoll eingeschmiert waren.
Die Damenwäscheverkäuferinnen kommen anbetrachts der erstaunlichen, geradezu hektischen Nachfrage nach langärmlig Weißgeschlossenem, allerdings schulterfrei, nicht aus dem Staunen heraus, ganze Posten getupfter, gestreifter, grellbunter Bikinianzüge vergammeln in den Wäschegeschäft-Regalen und werden am Ende des Sommers verramscht werden müssen – davon macht sich Lila kein Bild. Wie sie da liegt, ist sie für manchen Betrachter ein Bild, aber sie macht sich keins, und wenn wir ihr sagen würden, daß die eine oder die andere Frau ihr Fiasko erleben wird mit dem heute noch eiligst beschafften Trikot, wenn sie es anprobiert, und es fehlt sodann das Gewisse, zum Beispiel fehlt das zum Lilabild unabdingbar gehörige schwarze Haar – Lila würde es nicht begreifen, von welchem Verhängnis sie die Verursacherin ist mit dem schwarzen Haar, das sie offen trägt, und dann schwimmt sie ohne Badekappe, und dann ist das Haar natürlich naß und glänzt und fällt glänzend naß über das Badeprachtstück den Rücken entlang hinab, schwarz auf weiß, das gehört mit dazu zu dem Lilabild, zu dem Zauber, den Lila hat und offensichtlich verbirgt, Lila, exzentrisch, als Badeanzug.

* * *

Aber was soll man nun dazu sagen, daß diese selbe Lila zum Beispiel – Schmutz macht mich wehrlos – , wenn man ihr nicht zuvorkommt, die dämlichsten

Angewohnheiten hat? Zum Beispiel hat sie die Angewohnheit, den Inhalt des Katzenklos umstandslos in das Menschenklo reinzuschütten, worauf dann das Menschenklo sofort verstopft. Man könnte. Man könnte ihr hundertmal sagen, das Katzenklo darf nicht ins Klo, weil es das Klo verstopft, man muß es in eine Mülltüte leeren, die Mülltüte zubinden und mit gehöriger Vorsicht, weil sie sonst auf der Treppe schon reißt, die Treppe hinuntertragen und draußen am Briefkasten in die Mülltonne schmeißen. Man könnte ihr sagen, daß es so geht, und wenn sie schon unten am Briefkasten ist, könnte sie gleich auch die Post mitbringen. Sei so gut, und bring dann die Post gleich mit. Man könnte es einmal und zweimal und hundertmal sagen, man könnte in aller Gemütlichkeit anfangen, ihr einen Vortrag zu halten, man könnte auch sagen, hör zu, Lila, bist du tatsächlich so, oder tust du nur so, weil einem nicht in den Kopf hinein will, daß Lila das nicht versteht. Lila ist offenbar nicht in der Welt, um ordnungsgemäß ein Katzenklo auszuleeren, erst vergißt sie es sowieso, bis die Wohnung beißend nach Katzenklo stinkt, dann verstopft sie, wenn man ihr nicht zuvorkommt, zum hundertsten Mal die Toilette, weil sie es plötzlich eilig hat: irgendwer hat an der Türe geklingelt, das scheint die Geruchsnerven anzuregen, kaum klingelt es an der Tür, riecht Lila mit einmal den Katzenurin, der seit mindestens drei, vier Tagen, wenn man ihr nicht zuvorkommt, ganz unüberriechbar die Wohnung durchdringt, schlimmer als kalter Tabakgeruch ist der Geruch nach Katze, und dann muß es auf einmal ganz furchtbar schnell gehen, sie stürzt mit dem Katzenklo völlig hysterisch ins Bad und schüttet den ganzen Inhalt mit einem Schwung in die Toilette, zieht an der Klokette, daß man sich wundern muß, wie endlos geduldig Kloketten sein können, sie könnten nämlich auch reißen, genauer gesagt, müßte die Klokette längst gerissen sein; niemals kann man den Inhalt eines Katzenklos auf die Art mit einmal beseitigen, man kann es ihr hundertmal sagen, aber man sagt es ihr nicht; dann kommen die Schritte hörbar die Treppe hoch, Lila hört, wie die Schritte schon fast bis ganz oben sind, dem Gasmann kann es egal sein, wie es hier in der Wohnung riecht; Gasmänner sind die abenteuerlichsten Gerüche und Haushalte von Berufs wegen schließlich gewöhnt, das gehört zum Beruf des Gasmanns, daß manche Wohnungen Müllkippen sind und wie Müllkippen riechen, Kloaken sind und wie Kloaken riechen, wenn man dem nicht zuvorkommt; Lila im Bad mit der Klokette in der Hand ist aufgelöst und verzweifelt, weil sie feststellt, daß der Geruch nicht verschwindet, keineswegs verschwindet so ein Katzengeruch, bloß weil Lila versucht, eine Klokette zu zerreißen, wie leider auch der Inhalt des Katzenklos nicht gleich verschwindet, im Gegenteil quillt er erst richtig auf, man wird sich, statt die Post aus dem Briefkasten hochzuholen und seinerseits fällige Briefe heut morgen zu schreiben, mit dem Inhalt des Katzenklos einige Zeit beschäftigen müssen; so umstandslos Lila mit Katzenklos Menschenklos zuzustopfen imstande ist, so umständlich wird die Entstopfung werden, denn leider leider ist Lila ein wenig idiotisch, wenn es sich darum handelt, mit dem Endlosdraht ein Toilettenrohr freizukurbeln, gewissermaßen hat sie zwei linke Hände dann; ob der Gasmann den Klogeruch riecht oder nicht riecht, sehen wir ihm nicht an, man sieht ihm von Berufs wegen kein Riechen an, der Geruch aus dem Bad jedenfalls, wenn man ihr nicht zuvorkommt, ist unüberriechbar beißend, und Lila dreht zweimal hilflos die Drahtkurbel, das Drahtende steckt nur lose im stinkenden Katzenklo-Inhalt und flutscht natürlich gleich raus, Lila schreit, weil die

Sache nicht appetitlich ist, man wird Katzenstreu von der Wand wischen müssen, und genau jetzt fällt ihr ein, daß sie dringend zur Apotheke muß und die Einreibecreme für die Nackenverspannung holen, die sie hat, gerade jetzt eben scheint ihre Nackenverspannung besonders verspannt zu sein, unerträglich sind solche Nackenschmerzen, wenn man wüßte, wie unerträglich, sie bringt es fertig, Lilalein, vorsorglich einen Groll in der Stimme zu haben, wie sie düster feststellt, daß ihre Nackenverspannungen schlimmer denn je sind, so unerträglich, daß sie jetzt auf der Stelle los muß zur Apotheke. Man kann es verstehen. Der Geruch in der Wohnung ist beißend.
Oder: Lila muß ganz genau jetzt ihre Steuererklärung machen, die sie seit Weihnachten machen müßte, aber seit Weihnachten offenbar nicht gemacht hat, und jetzt ist es höchste Zeit; wenn sie jetzt diese Steuererklärung nicht macht, kann sie sich gleich sowie den Beruf an den Nagel hängen. Lila verschwindet zum Steuererklären, steuererklären kann man in diesem Fall besser im Park, überhaupt sind Steuererklärungen etwas, das man sowieso besser im Park machen sollte, möglichst immer im Park, überhaupt der Park im Frühling, Vorfrühling, Winter, überhaupt zu jeglicher Jahreszeit dieser Park, wenn man den Park nicht hätte.
Besser man kommt ihr zuvor. Oder ist es Lila, die uns zuvorkommt?
Hat man Lila nicht deshalb erfunden, weil brauchbare Frauen langweilig sind, selbst wenn sie am Ende lügen?

* * *

Natürlich lüge ich *(mein Leben als Lügnerin)*.

Wie unbrauchbar Lila auch sein mag, sie selbst

braucht jedenfalls ein Gesicht, sonst können wir sie nicht sehen, und sehen muß man sie können, auch wenn es sie gar nicht gibt. Woher nimmt man jetzt ein Gesicht? Soll ich ihr meines geben? Wenigstens leihweise soll sie gelegentlich mein Gesicht haben und tragen dürfen, es ist vielleicht kein so besonderes Gesicht, das ich ihr anbieten kann, ein Mann braucht schon sehr viel Kraft und Vorstellungskraft, Vorstellungskraft und Liebe, um darin eine Lila zu sehen, die es doch gar nicht gibt, aber es ist jedenfalls ein Gesicht, das mit Sachverstand hergestellt ist, handwerklich einwandfrei, insofern auch seriös, wenngleich zufällig und umsonst erworben, nämlich habe ich es vor Jahren in Bremen zufällig gratis bekommen, als ich gar kein Gesicht, sondern ein Geschenk für ein Kind gesucht habe, das krank zu Hause im Bett lag, wahrscheinlich mit Ohrenschmerzen, mit Scharlach, mit Husten und Löchern im Knie oder Kopf; auf der Suche nach diesem Geschenk für das kranke Kind habe ich in die Schaufensterscheiben geschaut. Es hatte Termine in Bremen gegeben, ein nicht einmal unangenehmes Hotel und einigermaßen Geld zu einer Zeit, als Geld vorwiegend keins da war, und wenn in so einer Zeit plötzlich Geld kommt und da ist, muß man es sehr bestaunen und immer gleich dreimal ausgeben vor Staunen und Notwendigkeit, für Kinder besonders muß man sorgfältig sofort Geschenke kaufen, weil Kinder ja dazu da sind, verwöhnt und beschenkt zu werden, keinesfalls sind Kinder da, darin bin ich mit Lila einig, um etwa erzogen zu werden, natürlich muß man Geschenke kaufen, weil man sich über das Geld so freut, das man eigentlich noch nicht und auch schon nicht mehr hat, und bevor man noch zur Besinnung kommt und das merkt und trübsinnig wird, muß man blitzschnell die Freude teilen, was bei Kindern besonders gut klappt. Zu so einer Zeit also war das mit meinem Gratis-Gesicht in Bremen, als ich auf der Suche nach diesem Geschenk plötzlich in einer Schaufensterscheibe zugleich mit dem Schaufensterinhalt – Seifen, Duftwässer, Kämmchen, Haarspangen, Bänder, Tuben und Flaschen, Masken und Badeöl – mein eigenes Nicht-Gesicht, lauter Schatten im Glas, fleckig grau, und das Schild gesehen habe: Gratis-Schminken als Werbeaktion. Ich hatte diesen und jenen Termin gehabt und diesen und jenen noch vor mir, der Abend war lang gewesen, folglich schlechter Hotelzimmerschlaf, Übermüdung, Aufregung, Lampenfieber, folglich grau und fleckig mein Nicht-Gesicht im Schaufenster mit dem Schild und dem Gratis-Schminken als Werbeaktion. Wenn ich nicht spiele, finde ich mich eine Zumutung, und also habe ich erst gezögert, ob ich mich mit diesem grauen Nicht-Gesicht einer Schminkerin überhaupt zumuten darf, die auch noch gratis schminkt, ich habe gefunden, es ist eine Unverschämtheit, ein solches Gesicht zu der Schminkerin hinzutragen, am besten bleibt man mit solchem Gesicht zuhaus oder im Hotel und bringt nicht noch wildfremde Menschen damit in Verlegenheit; aber dann habe ich auch gedacht, daß es möglicherweise, beruflich gesehen, für die Schminkerin eine Herausforderung werden könnte an ihr Schmink-Können und -Vermögen, und genau bei diesem Gedanken habe ich eine Seifenschale im Fenster gesehen, eine bunte Seifenschale mit einer niedlichen Zirkusdame, die vor einem Karussell auf dem Seil balanciert, und ein Herr im Frack fährt mit ernstem Gesicht dazu Einrad. Im Laden dann habe ich so getan, als wäre es wegen der Seifenschale und wegen der Akrobatik, aber die Dame im Laden hat sofort begriffen, daß die Seifenschale mitsamt dem Kunststück und Zirkus darauf unbedingt nur ein Vorwand sein kann, weil sie meinem Nicht-Gesicht angesehen hat, daß es dringend ein Gratis-Schminken vertragen könnte; sie hat liebenswürdig gesagt, daß so ein Gesicht, wie ich es mit mir herum durch die Gegend spazieren trage, im Grunde unmöglich und eigentlich gar kein Gesicht sei, eine schwere Belastung für seine Trägerin müsse so ein Gesicht sein und darstellen, dazu auch noch unmöglich angemalt und zurechtgemacht; ich habe mich nicht verteidigt und etwa eingewandt, daß mein Gesicht nicht im mindesten angemalt und zurechtgemacht war, sondern grau und fleckig von sich aus und ganz von allein, weil ihre Liebenswürdigkeit etwas gewisses Bestimmtes hatte; ich habe geschwiegen, während sie gesagt hat, daß meine Schminke einen unguten rötlichen Schimmer habe und vermutlich ein Puder wäre, wohingegen zum Beispiel aprikosenfarbige cremeförmige Schminke aus meinem unmöglichen Nicht-Gesicht ein gänzlich anderes, nicht nur ein tragbar passables, sondern direkt ein bezauberndes machen könnte, und daß sie, die Dame, mich keinesfalls nur mit Seifenschale und derartig rötlich unmöglich getönt aus dem Laden und falsch entstellt weiterziehen lasse. Zugleich hat sie aus einem hinteren Raum eine sehr junge Türkin hereingewinkt, die im Gesicht einen grellroten Ausschlag hatte und kleine weiße Bläschen um den Mund herum und in den Mundwinkeln, und das war die Gratis-Schminkerin, die mich dann eine Treppe hinaufgeführt hat in eine Rumpelkammer mit ziemlich vielen chirurgischen Requisiten und Apparaten darin; irgendwo hatte ich so einen Raum schon früher einmal gesehen, erst ist mir nicht eingefallen, wo das war, aber dann ist es mir wieder eingefallen, ich bin in solch einem Raum operiert worden in einem Hospital, es ist Pfingsten gewesen, und ich hatte mir die Hand gebrochen, ich bin in dem Raum operiert worden, und es hat gar nicht wehgetan, der Anästhesist war Chinese, der Operateur war vom

Nil, aus Ägypten, es ist Pfingsten gewesen, und ich war die Treppe hinuntergefallen, und dann bin ich in einer Rumpelkammer gewesen, einer Kammer mit Requisiten und dem chinesischen Anästhesisten darin, der immerzu mit mir sprach, um mich wachzuhalten, weil ich nicht schlafen durfte während der Operation, ein freundlicher Mann mit Humor, der mich wachhielt, obwohl ich so furchtbar müde war und die ganze Zeit ziemlich fror.

Die türkische Schminkerin hat mir ein fast weißes Handtuch um den Hals gelegt, auf dem eher rote als aprikosenfarbene Spuren einer Gratis-Vorgängerin waren, sie hat das Handtuch ziemlich weit zugezogen, aber ich habe trotzdem noch weitergeatmet, obwohl es nicht einfach war, und dann hat sie angefangen, mir die Augenbrauen aus dem Gesicht zu reißen, mir sind die Tränen sofort in die Augen und aus den Augen heraus gestürzt und geschossen, und die Augen habe ich dann geschlossen gehalten während der Prozedur, nur manchmal habe ich sie geöffnet, und dann schwebte der Ausschlag immer sehr dicht am Gesicht; die Dame des Ladens ist später auch noch die Treppe hoch- und in die Rumpelkammer gekommen, als die Schminkerin gerade einen Lappen mit kochendem Wasser auf mich drückte, daß die Poren in meiner Haut sich öffneten und ich nicht schreien konnte, später hat sie sie dann vereist, damit sie sich wieder schließen, dazwischen hat sie mit ihren sehr langen und etwas eingerissenen lila Fingernägeln daran herumgedrückt und -gequetscht und einige der chirurgischen Apparate zum Einsatz gebracht; die Dame hat sich den Vorgang zustimmend angeschaut und erklärt, das Geheimnis des Schminkens sei, daß man anschließend gar nichts sieht. Wie ungeschminkt hat so ein richtig geschminktes Gesicht nämlich auszusehen, hat sie gesagt, ganz natürlich, es darf nachher gar nichts zu sehen sein, wenn Sie den Laden verlassen; mir ist unklar gewesen, wie das möglich sein sollte mit all diesen offenen Wunden, aus denen es schließlich nicht aprikosenfarben aufs Handtuch spritzte und tropfte, aber ich konnte nichts sagen und fragen, weil mir die Schminkerin vorher Zement auf die Haut geschmiert hatte, der gerade so trocken war, daß ich den Mund nicht bewegen konnte, und dann zog sie überraschend plötzlich mit einem Ruck alle beide, Zement und Haut, ab. Ich schreie nicht bei Schmerzen, nur mein rohes Fleisch im Gesicht hat geschrien, ich habe die Augen aufgerissen und direkt vor mir den grellroten Ausschlag gesehen, der Ausschlag hat mir mit einem Mal nicht so sehr gut gefallen, auch die Bläschen am Mund haben mir nicht gefallen aus dieser Nähe, ich habe überlegt, ob das Ganze wohl ansteckend ist, weil es sehr nah war, und bei akuter Hautlosigkeit könnte es eigentlich sein, daß ein Ausschlag und Bläschen ansteckend sind; die liebenswürdige Dame des Ladens war mit der Folterung offenbar sehr zufrieden, sie hat fein gelächelt; irgend etwas hat kurz darauf in den Augen gebrannt, etwas Spitzes, Scharfes ist mir zuletzt in die Augen gefahren, vielmehr gestochen worden, daß ich zusammengezuckt bin, die Schminkerin hat mein Zusammenzucken bemerkt und leise drohend gesagt, still halten, nicht bewegen, und ich habe mich dann auch tatsächlich nicht mehr bewegt, sondern bin ganz still liegen geblieben, was gewiß das Vernünftigste war, weil der Augenschmerz dann nicht heimtückisch und abrupt, sondern wenigstens kalkulierbar kam, wichtig ist nicht, einen Schmerz zu vermeiden, sondern ihn vorher erwartet zu haben; die Dame des Ladens hat mir zum Schluß ihre tiefe Zufriedenheit mit dem Vorgang ganz allgemein und insbesondere mit dem aprikosenfarben cremeförmigen Produkt und meinem entsprechenden Aussehen ausgedrückt, jetzt haben Sie wenigstens ein Gesicht, hat sie festgestellt und sich gefreut; ich bin sicher gewesen, die geschundene Kreatur müsse mir aus dem Spiegel entgegenspringen, als sie den Spiegel zückte. Sie hatte recht gehabt. Wie ungeschminkt hat mein geschminktes Gesicht ausgesehen, nur ein eigentümlicher Zauber ist davon ausgegangen, es ist nichts zu sehen gewesen, ganz natürlich hat mein ehemaliges Nicht-Gesicht als Gesicht eine Viertelstunde danach dann den Laden verlassen, in der Tasche hatte ich eine unerhört teure Seifenschale mit Seiltänzerin und Einradfahrer vor einem Karussell, das Kind hat sich sehr gefreut, als ich kam mit der Seifenschale, und alle haben sofort gesehen und gesagt, du siehst einfach phantastisch aus, was hast du nur für ein Gesicht.

Vorübergehend und leihweise kann Lila dieses Gesicht meinetwegen haben und mit sich herum durch die Gegend tragen, ein brauchbares, furchtloses Lügengesicht, von dem vor allem der eigene Mann all das ablesen kann, was er sich ausgedacht hat mit gutem Grund und sicherheitshalber, um immer schon stillschweigend da zu sein, wo er Lila vermutet.

Sicherheitshalber stelle ich manchmal doch Rosen hin anstatt falscher Margeriten.

* * *

Natürlich ist so ein doppeltes Liebeslügen die reinste Ganztagsbeschäftigung, wie schütze ich meine Geliebten vor mir und den furchtbaren Folgen, das fängt morgens an und hört abends im Bett ja nicht auf, manches erleichtert der Whisky, um nicht zu sagen, man trinkt gehörig, damit man nicht plötzlich versehentlich doch zusammenfällt, nur ein kleiner Moment mangelnde Aufmerksamkeit, und dann fällt man plötzlich zusammen, dann stimmt Lila zum Lila-Bild, das sie macht und abgibt, und dann ist ein Blinder bloß blind, es wäre verhängnisvoll, so ein Verhängnis, plötzlich stimmt der Verdacht oder fällt mit einmal zusammen, wir trinken um die Beherrschung, eine Wohnzimmerdisziplin, eine Schlafzimmerdisziplin verlangen einen Preis und etliche Whiskys am Abend. Wer fernsieht, hat nie geliebt. Der Verzicht auf Lektüre macht einem Mann nicht zu schaffen, der im Gesicht der Geliebten die Lügen liest, Lilalein, und den Betrug entziffert, das läßt sich nachholen, wenn Lila in Bremen ist oder in Recklinghausen, mehr schon fehlt ihm das Autofahren, wobei, finde ich, der Verzicht auf das Autofahren sein Schaden und mein Schaden nicht ist, aber das sage ich nicht. Ich fahre. So wie ich fahre, muß man sehr blind sein oder doch sehr entschlossen die Augen verschließen vor der leise beklemmenden Tatsache, daß hier eine Irre am Werk und am Lenkrad ist, meine Wende- und Abbiegmanöver, groteske Abkürzungsstraftaten, ein insgesamt mehr als salopper Umgang mit der albernen Straßenverkehrsordnung, jeglichen Ordnungen überhaupt, aus denen ich mir nichts mache, dabei eine fröhliche Unfallfreiheit, das alles deutet auf Wahn.

Du, müßte er sagen, wenn er sehen dürfte, was er mit Schrecken sieht, und ich sehe, wie er trotzdem nicht mit dem Fuß im Reflex eine Bremse sucht, die es auch gar nicht gibt auf der Beifahrerseite; wie er länglich wird im Gesicht, sehe ich nicht, du, Lila, könnte es sein, du fährst ein klein wenig irre, weil ich wieder und wieder im vierten Gang überhole mit achtzig, während mir einer entgegenkommt mit weit mehr, als ich offenbar denke, jedenfalls mehr als achtzig und also ziemlich schnell, nämlich schneller, als man im vierten Gang überholen kann, wenn man achtzig fährt, weil leider ein vierter Gang nicht beschleunigt, jedenfalls nicht bei achtzig; ich würde mit einem nicht durch und durch lilalike damenhaft feinen Unterton sagen müssen, immerhin fahre ich unfallfrei. Eine unfeine Anspielung wäre das, zu der ich mich leider genötigt sähe, gezwungen geradezu durch den freundlich erschrockenen Hinweis auf meinen defekten Geisteszustand; so eine unfeine Bemerkung kränkt und zieht weitere unfeine Dinge nach sich, Beschädigungen sind da und treten zutage, und keiner wird gern an den jüngsten Blechschaden erinnert, der meines unfeinen Wissens nicht nur ein Blech-, sondern dazu auch noch ein Totalschaden war, verursacht durch Mißachtung der einfachen Grundregel, daß rechts vor links Vorfahrt hat, jedenfalls hier in Deutschland, eine Regel, die sich sogar im großen und ganzen in etwa auch Lila gemerkt hat, und wo wir schon einmal dabei sind: wird in Deutschland bekanntlich auch nachgemessen, ob man sich an die Geschwindigkeit hält, die zwar meistens nicht eingeschränkt ist, aber manchmal doch, und genau dort wird sie meistens auch nachgemessen, und genau dort hat meistens einer von uns die Geschwindigkeit überschritten, soweit man den Bußgeldbescheiden entnehmen muß, sogar reichlich überschritten, weil diese Bußgeldbescheide empfindlich sind, und ich jedenfalls war das nicht; das alles unfein, unwitzig, kränkend, ich möchte über bezahlte Bußgeldbescheide nicht reden, aber wenn man mich zwingt und nötigt, sage ich es aus Notwehr dann doch, während zugleich mein vergnügtes Falschfahren sehr viel unvergnügter und womöglich noch falscher wird, nämlich unsicher, schlecht gelaunt, krampfig, und bis wir ankommen, habe ich selbst das Gefühl, wie eine Irre gefahren zu sein; schuldlos natürlich. Es soll Frauen geben, die einfach nicht Auto fahren, sobald der Geliebte daneben sitzt, aus bloßer Furcht vor dem Doppelselbstmord, zu dem sie sich dunkel gedrängt und gezwungen fühlen durch einen gut gemeint guten Rat, und dann soll es auch eine Dunkelziffer noch geben, habe ich sagen hören, was denkbar und doch sehr betrüblich ist und jedenfalls nicht meine Sache; ich sage, hoppla, bevor ich dem Idioten vor mir, der aus dem Nichts aufgetaucht ist und auf der Straße zu stehen scheint, so wie er langsam fährt, auf die Gegenfahrbahn ausweiche, ich wundere mich, daß ich im vierten Gang nicht beschleunigen kann, eine Automobilindustrie sollte sich darum kümmern, wozu sonst ist sie denn da, wenn mein vierter Gang nicht beschleunigt, wo mir irgendein Trottel auf der Gegenfahrbahn sinnlos rasend entgegenkommt, während der Irre neben mir, der mich durch Stillstand in dieses Manöver gedrängt hat, jetzt plötzlich Gas gibt, bloß um mich nicht vorbeizulassen, sieht er nicht, daß das knapp wird, und jetzt muß ich auch noch bremsen auf dieser Gegenfahrbahn, weil ich mit ziemlicher Sicherheit die Überholung nicht schaffe, nicht mit dem Irren neben mir, der aufs Gas drückt, um mich zu ärgern, nicht mit dem Geschoß vor mir, das auf mich zielt und zuschießt, und nicht mit dem kraftlosen vierten Gang, um den sich die Automobilindustrie einmal kümmern sollte, ein einziger Konstruktionsfehler ist so ein vierter Gang; die Gegenfahrbahn ist naß, was den entgegenkommenden Trottel in seiner Raserei nicht zu stören scheint, auch daß er sein Fernlicht aufblinken läßt, blendet ihn schließlich nicht, aber mich, nicht ihn, aber mich bringt die nasse Gegenfahrbahn sofort, wenn ich bremse, ins Schlingern und Schleudern, um mich herum ist die Welt voll Verrückter, während ich hier offenbar ganz allein ruhiges Blut sowie den Verstand behalte und den Wagen im letzten Moment noch zurück hinter die irre Schnecke bringe, ich sage, puh, wenn du das eben hättest sehen können, von lauter Verrückten ist man umgeben, direkt gemeingefährlich, sowas sollte man nicht ans Steuer lassen, und fahre fröhlich weiter, womöglich fange ich an zu singen, beispielsweise singe ich ein Lied von einem Sonnengott Phöbus, der einen Sonnenwagen hat, ich singe es völlig falsch, weil man dazu eine Koloraturstimme braucht, die ich doch gar nicht habe, mein Alt singt viel zu hoch, und zwischendurch fällt er hinab, aber nicht chromatisch, wie er müßte, sondern er stürzt geradezu ab, um so lauter mache ich dann das Geräusch, das ins Lied gehört zwischendurch: krrrrk, krrrrk, krrrrk. Manchmal singe ich auch, daß Mann und Frau sich die Hände geben und versöhnt sind, nämlich sich versöhnt die Hände geben; das Lied vom versöhnten Händegeben von Mann und Frau und Frau und Mann ist so besonders schön passend, wenn gerade die Todesgefahr im vierten Gang überstanden ist, gemeinsam, sind wir nicht sehr versöhnt, Frau und Mann, wenn wir die Konstruktionsfehler der Automobilindustrie bestehen und bewältigen, ohne noch mit der Wimper zu zucken?

Mit jeder Gefahr, die wir überstehen, wächst womöglich noch unsere Liebe.

Natürlich strengt es an, so blödsinnig Auto zu fahren.

Es strengt an, das Lilalein-Sein, diese Akrobatik.

Ich hätte nicht mit ihm leben müssen, hätte ich nicht gewollt.

* * *

Haben wir keine anderen Sorgen als unser privates Lügenspiel?

Also etwa – ganz ähnlich oder genau wie vor dreißig Jahren – *zum Beispiel:*

das wiedervereinigte Deutschland, wobei man sich fragen muß, ob die Wiedervereinigung nicht eine

Gefahr für Europa darstellt, eine Bedrohung des Friedens und des sozialen Friedens, warum tun wir nicht alles –
Oder:
die Verhältnisse in Rußland –
die Verhältnisse in Jugoslawien –
Oder:
die Frage, grundsätzlich, nach der Führbarkeit von Kriegen. Kriege überhaupt und das Brennen von Menschen und Ländern.
Oder:
die Vergiftung der Erde, weltweit, im Frieden.
Die Vergiftung der Erde, weltweit, im Krieg.
Produktion und Vertrieb und Transport der zu dieser Vergiftung weltweit benötigten und erforderlichen Vergiftungsbrennstoffe.
Kümmern wir uns darum.
Ist uns nicht auch zu Ohren gekommen und keineswegs neu, daß das Lügenspiel nicht nur bei uns und privat, sondern sozusagen in größerem, großem Ausmaß auch anderswo hier oder in der Welt –
kümmern wir uns darum? Soll man sich darum kümmern? Muß man nicht?

* * *

Die nette Frau mit der Brille und Mikrofon hat im Palmencafé schon gewartet. Einen Nachnamen hat sie nicht, dafür ein Mikrofon, das ist – jeder gegen jeden – , glaube ich, überall jetzt so üblich, mit Vornamen heißt sie Katrin. Katrin drückt auf den Knopf, ich erwarte etwa die folgenden Fragen: warum, für wen, seit wann, Zweck und Wesen der Arbeit und Politik und der Straßenbahn, der Kunst und der Frau, Mutter, Großmutter, des Geldes, der Zeit und der Kunst des Kinderhabens als Frau und als Großmutter und überhaupt – wir duzen uns, weil das so ist, daß man Du sagt, besonders wenn jemand Katrin heißt und ohne Nachnamen lebt. Bevor wir anfangen, habe ich Grundsätzliches zur Kenntnis genommen aus dem Leben von Katrin und zunächst erfahren, daß Katrin Kinder hat, nämlich zwei, zwei Jungen nämlich, und alleinsteht mit diesen zwei Kindern, weil der Mann sie verlassen hat oder umgekehrt, eine Trennung mit Scheidungsfolgen, eine tiefe Unverträglichkeit zwischen Katrin und ihrem Mann ist erzählt worden und muß das gewesen sein, und jetzt ist sie mit ihren zwei Kindern allein, sehr traurig und schwierig natürlich, zumal mit dem Geld nicht alles nach Wunsch und Gesetz, das alte Lied, weißt du, mit der Trennung scheint eine plötzliche Unpünktlichkeit in den Zahlungsgewohnheiten eingetreten zu sein, Alimente also, so habe ich mir erzählen lassen, kommen, wenn überhaupt, nur unregelmäßig und auch dann nicht zureichend vor; muß sie so ziemlich alleine verdienen, ihr Geld und das Geld für die Kinder, den Unterhalt, ein neuer Freund allerdings ist seit einiger Zeit im Haus oder zumindest gelegentlich doch im Haus, tiefe Krise nach Trennung mit zwei kleinen Kindern scheint folglich jetzt überwunden, ein anstehender Kinderwunsch von seiten des neuen Mannes jedoch beschäftigt Katrin, geradezu beunruhigend ist so ein unterschwelliger Kinderwunsch durch den Mann, aber keinesfalls will sie noch einmal in diese Lage geraten, schwerste Depressionen infolge Unverträglichkeit und Trennung, die nette Frau schaut mich an durch die Brille, weißt du?, die Kolleginnen alle auf unfaire Weise kinderlos in der Branche, somit konkurrenzfähig, es scheint einen Markt zu geben, auf dem kinderlose Konkurrenzfähigkeit gefragt und verlangt wird von Frauen, andernfalls dieser Markt überhaupt keine Frauen verlangt, sondern unverlangt auftretende Frauen geraden Weges nach Hause schickt und irgendwie hinter Türen verschließt, Machenschaften und Macht auf dem Markt, viel, sehr viel Nachtarbeit, aber die Arbeit macht doch auch froh, eine Freiheit, sein eigenes Geld zu verdienen, eine Selbständigkeit nämlich, noch Katrins Mutter, wenn Katrin daran denkt, hat kein eigenes Geld verdient, stell dir vor, furchtbare Folgen mit Abhängigkeit, dafür sie aber heute, weißt du, schon in frühester Kindheit der feste Entschluß, nicht zu sein wie die eigene Mutter, nämlich geldlos und arbeitslos und geknechtet, dabei die leibhaftige Rachsucht, das muß sich rächen, und das hat sich gerächt, jetzt allerdings dieser Kinderwunsch als vermuteter Kinderwunsch bei ihrem neuen Mann, während der alte getrennte Ehemann sich eine neue Frau und Mutter gesucht habe für sein trauriges Reihenmittelhaus, weißt du, mit hinten so einem Handtuchgarten, nicht einmal Waldrandlage, im Vorort, direkt an der Straßenbahn, weißt du, Katrin könnte so nicht mehr leben, von grünen Witwen hinter verschlossen versperrten Türen an Straßenbahn-Endstationen ist flüchtig die Rede, von den gesparten Unterhaltsalimenten, die in Form von Mietzins für ein Reihenmittelhaus ohne Waldrandlage jener neuen Frau und Mutter im Grunde unrechtmäßig zugute kommen, man müßte, eigentlich müßte man klagen. Es drängt mich nicht, mit der netten bebrillten Frau das Wesen von Kunstreligionfamilie und Politik in der Welt zu erörtern, wir rauchen unentwegt vor uns hin im Café, unaufhörlich, weil die Frage der unrechtmäßigen Alimente und der unrechtmäßigen Kinderlosigkeit auf dem unfairen Markt und der zum Markt gehörigen Machenschaften und Konkurrenzfähigkeit eine Zigarette nach der anderen erfordert, es wird auch heute, so muß ich befürchten, bei Katrin wieder zu Nachtarbeit kommen, besonders den drohenden Kinderwunsch seitens des neuen Mannes muß man mit großer Sorgfalt und Vorsicht bedenken, nicht daß die nette Frau wieder in eine der vielen Fallen tapst, die allenthalben aufgestellt sind und herumstehen im Leben und nur darauf warten, daß Katrin hineintapst, aber sie will nicht noch einmal in eine Falle tapsen, obwohl sie, so höre ich, gerade im Bett mit dem neuen Mann sehr zufrieden ist, äußerst zufrieden, gerade im Vergleich zu dem einstigen Mann ist der neue Mann unvergleichlich, wenn Katrin nur daran denkt, wie der einstige Mann gerade in dieser Hinsicht nicht eben ein Ereignis gewesen sei, dagegen der neue Mann direkt ereignishaft, ich warte auf die Schilderung des Ereignisses, während ich rauche und meinen Campari trinke, die nette Katrin trinkt Wasser, das Wesen der Kunstpolitikfrau und Mutter kann begreiflicherweise dem Ereignis nicht standhalten, das ich mir rauschhaft vorzustellen habe, rauschhaft, wenn nicht dabei dieser drohende Kinderwunsch wäre, ein Anschlag auf ihre ohnedies bereits zweifach lädierte Marktfähigkeit ist so ein Kinderwunsch für eine nette Frau, die es außerdem furchtbar eilig hat, also fangen wir jetzt mal an, weil das eine Kind aus der Krabbelstube zu holen ist, das andere kommt von der Schule und steht sodann vor verschlossener Tür; der ereignishafte Mann, so muß mir noch rasch erklärt werden, weil ich es sonst nicht verstehe, hat in der Stadt ein Werbebüro, Werbung geht immer, weißt du, Werbung wird immer gebraucht, und bekanntlich geht es in Werbebüros nicht so zwanghaft und herkömmlich zu, ein zwangloses Kommen und Zugehen muß es in Werbebüros sein und geben, ich habe mir vorzustellen, wie zwanghaft und herkömmlich es bei dem einstigen Ehemann zugegangen sein muß, dagegen, wie gesagt, zwanglos und richtig leger das neue Werbe-Ereignis, das übrigens im Gegensatz zu dem früheren Zwangscharakter – ein regelrechter Zwangscharakter, weißt du – , tatsächlich für alles, aber auch wirklich für alles, überreichlich Verständnis hat, doch, das gibt es, noch eine Zigarette, dann muß sie schleunigst aufbrechen und gehen, aber das mit dem Verständnis, bevor sie jetzt aufbrechen muß, ist doch das Allerwichtigste, wesentlich nämlich, daß man jemanden hat auf der Welt, der einen durch und durch ganz versteht, ich versuche, eine plötzliche Gänsehaut zu ignorieren, anfangs hat Katrin ja Vorbehalte gehabt, weißt du, wegen des Werbebüros hat sie natürlich Bedenken gehabt, weil sie künstlerisch ist, eher musisch, da ist es nur allzu natürlich, daß sie wegen des Werbebüros mit sich selbst erst hat ringen müssen, noch vor zehn, fünfzehn Jahren, sagt Katrin, wäre ein Werbemensch nicht in Frage gekommen, und lacht, dann bestellt sie sich plötzlich Wein; ein Kind wird Überstunden machen in seiner Krabbelstube, ein andres kommt heim und steht vor verschlossenen Türen, im Palmencafé kommt der Wein, die nette Frau trinkt den Wein und lacht sich selber aus, weil vor zehn, fünfzehn Jahren Werbemenschen für sie nicht in Frage kamen, sondern im Gegenteil praktisch tabu waren, überhaupt Männer, sagt sie, vor zehn oder fünfzehn Jahren waren doch mehr oder minder alle Männer mehr oder minder tabu, das Wesen von Geldarbeitkunst und Zeit ist glücklicherweise vom Tisch, weil die Frau jetzt das Werbewunder und den ehemaligen Zwangsehemann sowie alle damit verbundenen Kinder und Kinderwünsche gründlich vergißt, denn: vor zehn, fünfzehn Jahren, haben wir da nicht alle geglaubt, daß wir lesbisch wären, wenigstens so eine Phase haben wir alle doch durchgemacht und gehabt, eine Weiberphase; einen Moment lang erwäge ich eine Zwischenfrage nach diesem Wir, aber keinesfalls will ich die Kinder warten lassen in ihren geschlossenen Krabbelstuben und vor verschlossenen Türen, mein Campari ist alle, meine

Zigaretten sind auch alle, bloß der Riesling mir gegenüber hält sich unbeirrbar im Glas, während die Frau begeistert von dem lesbischen Irrtum berichtet, nein, ich habe tatsächlich nicht gewußt, daß, wenn Frauen zusammenleben, nur unter sich, weißt du, alles gleich viel harmonischer ist und daß, wenn Frauen zusammenleben, alle diese zusammenlebenden Frauen auf einmal zur gleichen Zeit mit dem Bluten anfangen, was, das habe ich nicht gewußt, wieso weißt du das nicht, ist doch eigentlich schön, sagt Katrin besinnlich, durch die Fensterscheiben sehe ich, daß es beginnt zu regnen, ein Kind wird naß werden vor der verschlossenen Tür, das kollektive Synchronmenstruieren in weiblichen Lebensgemeinschaften ist wirklich ein Phänomen, es steht außer Zweifel, daß es ein Phänomen ist, über das man nachdenken sollte, nein danke, ich möchte jetzt nichts mehr trinken, eigentlich schön, keine Eifersucht, kein Theater, auch politisch gesehen eine schöne Sache, ich zucke zusammen, weil zu fürchten ist, daß das ein Stichwort ist und wir doch noch das Wesen der Politikzeit und Arbeit in Angriff nehmen müssen, während die Kinderbetreuer in einer Krabbelstube mit der linken Hand vergeblich ein schreiendes Kleinkind zu trösten und mit der rechten vergeblich die Mama anzurufen versuchen und ein anderes Kind im strömenden Regen aufgeweicht vor der Türe steht und sich erkälten wird, und wenn so ein Kind erkältet ist, sind es immer auch gleich die Ohren, eine Ohrenentzündung hätte uns gerade jetzt noch gefehlt; sowieso muß die nette Frau meine Meinung zum Wesen von Was-auch-immer vermutlich in Nachtarbeit selbst erfinden, einen Zeitungsartikel ohne diese Meinung zum Wesen von Was-auch-immer würde sie unfair finden, sag doch am besten auch gleich was zu Deutschland, hat sie vorhin gesagt, kurz bevor sie den Knopf gedrückt hatte, und mein Einverständnis vorausgesetzt, ihrem Mikrofon etwas zu Deutschland zu sagen, nämlich professionell möglichst, was sie selbst sich statt dessen in Nachtarbeit heute nacht ausdenken muß und erfinden, weil es in diesen Artikel gehört, sonst kann sie ihn nicht verkaufen; im Moment halte ich den Artikel und damit den künftigen Gelderwerb der netten Frau durch die nächtlichen Ohrenschmerzen ihres Schulkindes für mehr als bedroht, ich mache mir Sorgen, es wird ihr nichts übrig bleiben, denke ich, als mit dem Zwangsehemann um Alimente zu feilschen, was ihr doch sehr zuwider ist, oder widerwillig irgendwelche schmutzigen Prozesse zu führen, die ausschließlich dazu da sind, daß die ganze schmutzige Wäsche gewaschen wird, Kochwäsche, sechzig und dreißig Grad, Berge von zwangsehelicher Schmutzwäsche sehe ich auf die nette Frau zukommen durch nächtliche Ohrenschmerzen anstelle von Nachtarbeit, es sei denn, das Werbeereignis hätte für Geldlosigkeit nicht nur Verständnis, sondern auch Zahlungsbereitschaft und -mittel, für welchen Fall ich allerdings anzunehmen habe, daß er auf Erfüllung seines bedenklichen Kinderwunsches dringen und drängen wird, nach allem, was ich weiß vom Leben und seinen Wundern, muß man sich hüten, die Wunder, und seien es die generösesten Werbewunder, zu überschätzen, selbst wenn sie noch so verständig sind, ich fange an, mir ernsthaft Gedanken um Katrin, das kranke Kind und die Konkurrenzfähigkeit auf dem Markt mit seiner allfällig bekannten Kinderlosigkeit zu machen, sie selbst fängt jetzt auch langsam an, sich um die Kinder Gedanken zu machen, ich höre, wie wir gesprächsweise das Glück der Gemeinschaftsblutung von Frauen verlassen haben, weil die lesbische Phase ein Irrtum war, kein verhängnisvoller Irrtum zwar, weißt du, einer, den sie im nachhinein nicht mehr missen mag, aber dennoch ein Irrtum, Katrin hat jetzt auch keine Zigaretten mehr, aber Kleingeld hat sie, und geraucht werden muß; wie sie zurückkommt vom Automaten mit den Zigaretten und noch einem zweiten Wein, den sie sich rasch an der Theke geholt hat, nach dem scheußlichen Riesling brauchte sie jetzt einen richtigen Wein, wie sie also zurückkommt, erklärt sie mir etwas unbedingt Wichtiges, was ich bestimmt noch nicht weiß: nämlich besteht der Irrtum der lesbischen Phase letzten Endes doch darin, daß zum Kinderkriegen nun einmal trotzdem ein Mann, weißt du, ich bin überrascht, Katrin seufzt, vermutlich im Angedenken an einen zahlungsunwilligen Zwangscharakter von ehemals, den sie der Kinder halber anstelle gemeinschaftlichen Menstruierens auf sich genommen hat, und dann schwärmt sie von Kindern, vom Kinder-zur-Welt-bringen, vom Kinderhaben; ich unterdrücke einen Hinweis darauf, daß es möglicherweise sonderbar sein könnte, Kinder mit Schmerzen und Seligkeit auf, wie sie sagt, natürlichem Weg zu gebären und in die Welt zu setzen, wenn man sie dann dort sitzen und stundenlang kläglich in Krabbelstuben vergeblich nach ihrer Mama herumschreien läßt, wo schon der ruchlose Vater verschwunden ist und mit ihm die Alimente, oder war es umgekehrt?, auch daß es möglicherweise ebenso sonderbar sein könnte, Kinder zu haben, wenn man sie naß vor der Tür stehen läßt, sage ich nicht, obwohl mich der Gedanke an die unweigerliche Ohrenentzündung zunehmend plagt und gegen die nette Frau unsinnig aufbringt, ich weiß nur, wie Ohrenentzündungen sind, nämlich schrecklich schmerzhaft, zudem wird ein Kind in der Schule fehlen, hoffentlich hat es kein Schulproblem, ich verbiete mir die erschrockene Frage nach einem etwaigen Schulproblem dieses Kindes, obwohl das eine ernsthafte Frage ist, wo habe ich kürzlich gelesen, daß Scheidungskinder statistisch mit Schulproblemen massenhaft nur so geschlagen sind, bis zur offenen Verhaltensstörung können Schulprobleme von Scheidungskindern sich durchschlagend auswachsen und ungut entwickeln, Vandalen und Kleptomanen, Kleinkriminelle und Automatenknacker, habe ich kürzlich gelesen – alles Scheidungs- und Trennungskinder; über die statistischen Auswirkungen von durchnäßtem Vor-der-Tür-Stehen und anschließender Ohrenentzündung auf die Schulprobleme und sonstigen Entwicklungs- und Verhaltensstörungen scheidungsgeschädigter Automatenknacker weiß ich natürlich nichts, die nette Frau mit der Brille scheint auch nichts davon zu wissen, sonst wäre sie alarmiert und längst weg, um zumindest ihr Kleinkind vor Schicksalsschlägen und Schäden zu retten, wenn an dem großen schon nichts mehr zu retten ist, weil es vermutlich längst irreversibel unrettbar gestört und fatal geschädigt ist, besonders als Junge natürlich statistisch fatal; mit letzter Entschlossenheit entschließe ich mich, auf das Werbewunder zu hoffen und mein gesamtes Vertrauen in sein Verständnis für alles, aber auch wirklich für alles zu setzen, es scheint, daß auch Katrin sich dazu entschlossen hat, denn indem sie energisch die nun aber allerletzte Zigarette im Aschenbecher ausdrückt und ihr Glas austrinkt, sagt sie sachlich, wenngleich nicht ohne verträumten Klang in der Stimme, weißt du, wenn man zwei Jungen hat, wäre ein Mädchen doch auch noch schön. Ich bin erleichtert, daß sie mutig den Werbestrohhalm ergriffen hat, der ihren Jungen eine mindestens kleinkriminelle Karriere und Zukunft ersparen wird mit seinem Verständnis für alles, ich bin froh, daß die Nachtarbeit und die Ohrenschmerzen, die Kinderlosigkeit der Konkurrenz auf dem machenschaftlich sterilen Markt und die Knickerigkeit eines Zwangscharakters künftig für so eine nette Frau keine Rolle mehr spielen; und wie ich jetzt höre, weiß sie auch schon, wie sie es anstellen muß, daß es wirklich ein Mädchen wird: für alle Fälle hat sie sich informiert, eine kleine Ann-Grit soll es werden, erfahre ich nebenbei, doch unbedingt, ja tatsächlich ein schöner Name, nur daß man wirklich aufpassen muß, einen weiteren Jungen möchte sie keinesfalls aus Versehen noch einmal hergestellt haben, nein, ganz im Ernst: nochmal versehentlich einen Jungen verkraftet sie nicht, aber jedenfalls weiß sie ja, wie das geht, daß es wirklich ein Mädchen wird, also nämlich: das hat mit dem Eisprung zu tun, weißt du, und irgendeinem Zeitpunkt um diesen Eisprung herum, man muß einfach bloß diesen Zeitpunkt erwischen, das ist alles, Katrin erklärt sich selbst sowie mir, wie man den Zeitpunkt erwischt und daß sie einzig dafür zu sorgen hat, das Ereignis und diesen Zeitpunkt in Übereinstimmung, gewissermaßen zur Deckung zu bringen, was jedoch kein Problem sein dürfte mit ihrem neuen Mann, der sich übrigens ganz so deutlich zu seinem Kinderwunsch doch wohl noch nicht bekannt hat, den er gleichwohl seit längerem hat und hegt und schweigend mit sich durchs Leben trägt, so ganz ausdrücklich haben wir eigentlich nicht darüber gesprochen; ein einziges letztes Problem gibt es aber, ein letztes kleines Restproblem hat man zur Herstellung einer Ann-Grit in der nächsten Zeit zu überwinden, weil: das Werbewunder geht nämlich immer zur Sauna. Ich staune, ich vermute in allerletzter Minute noch eine Störung, womöglich eine peinliche Offenbarung, ich sehe eine arme Scheidungsfamilie erneut im Markt, in Nachtarbeit und Vandalismus versinken, gottlob aber habe ich mich verschätzt, gottlob habe ich diese nette bebrillte Frau mit dem Mikrofon unterschätzt, wird mir spätestens jetzt schließlich klar, wie sie mir auseinandersetzt, daß das Werbewunder von nun an nicht mehr in die Sauna gehen darf, weil die Kombination aus männlichem Saunabesuch und anschließend erfolgendem Ereignis zum fraglichen Eisprung-Zeitpunkt das Ergebnis gefährden würde, nämlich, weißt du, das hat mit der Temperatur zu tun, und dann wird es am Ende doch bloß wieder ein Junge. Ich weiß von keiner Temperatur. Mir ist selbst ziemlich heiß geworden, das Wesen von Kunstgeldfrau Zeit und Arbeit ist in irgendeine sehr ferne Ferne gerückt, und dort kann man es kaum noch sehen. Alle Achtung, sage ich hochachtungsvoll, wenngleich mit kleiner Stimme, und wünsche Ann-Grit alles Gute. Wahrscheinlich bilde ich mir auch die Ohrenentzündung nur ein. Die nette Frau wechselt die Brille und steckt das Mikrofon in die Tasche, das Tonband wird sie heut abend abhören, ich bin überzeugt, sie wird meine Meinung zu Deutschland fabelhaft selbst ausdenken und erfinden, sie muß nochmal rasch aufs Klo und dann flitzen, ein Blick auf die Uhr läßt sie schaudern und entdecken, daß es das Wesen der Zeit ist, umzugehen und herumzugehen, es ist sehr spät, viel zu spät nämlich, und als sie wiederkommt, sagt sie, weißt du, etwas wollte ich dir schon die ganze Zeit sagen, ich finde das einfach großartig, wie du das machst, du bist wirklich, wie du das machst, zu beneiden; mir fällt schlechtweg gar nichts zu meiner Beneidenswürdigkeit ein, ich kann mich nicht erinnern, etwas gesagt zu haben oder etwas getan, was im geringsten beneidenswert sein könnte, auch ein Campari ist schließlich nicht zum Beneiden, ein Campari ist ein Campari, was soll an Campari beneidenswert sein, die nette Frau findet jetzt, daß es gut tut, mit mir zu reden, weißt du, im Grunde kann man mit kaum jemand überhaupt reden, gar nichts weiß ich aber im Augenblick, das einzige, was ich weiß und jetzt endlich sage: sie soll nicht vergessen, das durchgeregnete Kind möglichst rasch in die Badewanne zu stecken. Herrjeh, die Kinder, sagt sie, daß man nicht einmal Ruhe hat vor seinen Blagen, daß man nicht einmal Zeit für die Arbeit hat, dann schlägt sie sich mit der flachen Hand vor die Stirn und rennt mit nach oben verdrehten Augen jetzt los.

* * *

Unwiderstehlich manchmal: der Wunsch und die Sehnsucht, allein zu sein. Und dann geht Lila allein spazieren. Es kommt nicht sehr oft vor, nicht so oft, wie sie möchte, aber gelegentlich ist es schon vorgekommen. Nicht besonders gern geht Lila im Wald spazieren, im Wald ist es etwa so eng wie im Leben, und niemals nimmt sie den Hund mit, der Hund ist ein Blindenhund, und also gehört er dem Mann. Aber sehr gern und trotzdem zu selten geht Lila am Wasser entlang spazieren. Wo immer ein Wasser ist, spricht Lila davon, daß sie sehr gern allein an dem Wasser entlang spazierengehen möchte, und es kommt vor, daß sie es dann auch macht. Sowieso spricht Lila häufig davon, daß sie viel mehr allein sein möchte, allein sein und alleine spazieren; wenn man Lila so sprechen hört, ist Alleinsein der Gipfel des Lila-Vergnügens, wundern muß man sich, daß sie es trotzdem recht selten macht, aber gelegentlich ist es auch vorgekommen, und dann geht sie beispielsweise am Wasser entlang. Sie schaut zuerst nachdenklich auf das Wasser und denkt, daß das Wasser also ein Wasser ist, manchmal ein graues Wasser, nämlich meistens, ein andermal ist es braun, weil Wasser sehr oft braun ist, oder grünlich, weil Bäume am Ufer herumstehen oder Wiese mit Büschen am Ufer wächst, und manchmal ist es blau, und dann sieht Lila blaues Wasser, regelmäßig ist dann der Himmel über dem blauen Wasser auch blau; Lila hat auch schon schwarzes Wasser gesehen, zweimal nachts, als sie nachts am Wasser spazierengegangen ist, der Himmel war schwarz, und das Wasser war auch schwarz, einmal war ein Mond da, und einmal war kein Mond da nachts über dem schwarzen Wasser. Das eine Mal, als der Mond da war, und Sterne waren auch ein paar da, hat sehr weit weg hinten das schwarze Wasser geleuchtet, und weiter vorn war einigermaßen weiß etwas Gischt auf dem Wasser, weil es windig war und sich das Wasser in schwarzen Wellen vom Wind oder aus sich selbst heraus in Richtung aufs Land bewegte, und Lila ist sich bis heute nicht sicher, ob es ein schwarzes oder ein sehr dunkelblaues Wasser gewesen ist, Lila hat häufig sagen hören, in diesem Fall hieße das Wasser samtblau, und das ist ihr ziemlich egal, wenn nicht gar etwas zum Ärgern; wenn Lila alleine spazieren geht, braucht sie keine falschen Vergleiche, weil das Wasser ihr gar nichts sagt, nicht wie es ist oder sein will. Sie hat dann nicht das Bedürfnis, Samt, Seide, Satin oder sonstwas zu diesem Wasser zu sagen, nach einiger Zeit hört sie auf, zu dem Wasser Wasser zu sagen, und als sie einmal spazierengegangen ist in der Nacht, und der Mond war nicht da, war das Wasser jedenfalls schwarz mit keiner weißen Gischt auf dem schwarzen Wasser darauf. Es ist auch kein Wind gewesen. Einmal hat Lila, als sie allein am Wasser ging, rotes Wasser gesehen; weil das Wasser ganz rot war, hat Lila rotes Wasser gesehen, es ist an einem Fluß gewesen, vielmehr an einer Mündung, die ein Delta gewesen ist, der Himmel am Mündungsdelta war blau, es hat einen gelben Strand gegeben, und hinter dem Strand ist Reis gewachsen, die Reisfelder waren grün, und also hätte nach Lilas Erfahrung das Wasser nicht rot sein dürfen, weder das Wasser vom Fluß, weil nach Lilas Erfahrung Flußwasser braun ist, noch das Wasser vom Meer, in das das Flußwasser mündet; obwohl man bei einem

Mündungsdelta nicht sehen kann, wo das Flußwasser aufhört und das Meerwasser anfängt, hätte doch des blauen Himmels wegen das Wasser dort, wo es sicher kein Flußwasser, sondern schon Meerwasser war, nicht rot sein dürfen, sondern blau sein müssen. Lila hat später gehört, daß das Wasser von roten Algen so rot wird. Sie hat weiter gehört, daß am Mündungsdelta tote Geflügelteile und Schweineteilleichen durchs Wasser schwimmen und treiben, weil den Fluß hinauf bis ins Gebirge an den Ufern Geflügel- und Schweinezüchter die toten Tiere, die aus Versehen gestorben sind, bevor sie geschlachtet werden konnten, entweder ganz oder in einzelnen Teilen vom Ufer ins Wasser werfen, sie hat gewußt, daß das rote Wasser mit Hühner- und Schweineteilleichen nicht unbedingt in Verbindung zu bringen ist, Lila braucht keine falschen Vergleiche; rotes Wasser, so hat sie es sagen hören, kommt von den Chemikalien, die auch noch im Wasser sind, und Lila glaubt nicht, daß ausreichende Mengen Chemikalien in toten Ganz- oder Teiltierleichen enthalten sein können, um das Meer rot zu färben, aber obwohl sie es gar nicht wollte, hat sie es trotzdem damit in Verbindung gebracht. Sie weiß noch, daß sie, als sie das rote Wasser zuerst gesehen hat, gedacht hat, daß Wasser nach seiner Natur nicht rot zu sein hat, dann ist ihr eingefallen, daß manche Dinge nach ihrer Natur nicht so sind, wie man sie sieht und kennt, und Lila ist ins Denken geraten, als ihr das eingefallen ist, und am Schluß hat sie gedacht, es kann Vorteile haben, und es kann Nachteile haben. An das rote Wasser ist sie aber nicht rangegangen, an braune Wasser geht sie auch nicht ran, aber an schwarze, graue, blaue und grüne Wasser geht sie sehr nah heran, oft auch rein ohne Badekappe mit ihrem schwarzen Haar. Wenn Lila am Wasser spazierengeht, zieht sie meistens die Schuhe und Strümpfe aus und geht mit den Füßen hinein. Nur im Winter läßt sie die Schuhe und Strümpfe an. Sie sagt, daß es gut tut, barfuß allein durchs Wasser hindurch und am Wasser entlang spazierenzugehen, und wenn man sie hört, muß man denken, daß das für Lila das Schönste ist, und sich wundern, warum sie es dann nicht öfter, sondern vergleichsweise selten macht. Niemals geht sie im Badeanzug am Wasser entlang spazieren und Muscheln suchen, sondern immer nur ganz allein, wenn nicht Badezeit ist und das Wasser sowie der Rand Land am Wasser einigermaßen leer, nämlich von Menschen leer sind.

Die wenigen Menschen, die ihr begegnen, hält sie sofort für Sonderlinge. Für was sie sich hält, ist ihr dann nicht ganz klar. Vor allem ist es nicht wichtig. Einerseits muß sie ein Sonderling sein, wenn die wenigen Menschen, die ihr am Wasser begegnen, wenn sie am Wasser spazierengeht, Sonderlinge sein müssen. Andrerseits ist sie kein Sonderling. Möglicherweise etwas Besonderes ist sie, oder sie ist es auch nicht, aber ein Sonderling ist sie gewiß nicht. Einmal hat sie sogar mit sich selbst gesprochen und sich dabei erwischt, wie sie laut gesagt hat, man wird doch wohl noch spazierengehen dürfen, dabei hatte niemand gesagt, daß sie nicht spazierengehen dürfte, sie hat das sehr trotzig gesagt, so als ob doch jemand ihr das Spazierengehen verboten hätte, das Alleinsein oder Alleine-Spazierengehen, und dann erst hat sie gemerkt, daß sie selbst und sonst niemand die wenigen Menschen am Wasser für sonderlich hält und folglich sich selbst auch für sonderlich halten muß; der Trotz, mit dem sie halblaut gesagt hat, man wird doch wohl noch spazierengehen dürfen, hat sie erst amüsiert, und dann hat sie sich verdächtigt, am Ende doch sonderlich zu sein, wenn sie derartig trotzig und auch noch halblaut am Wasser entlang solche Sätze sagt, nach einer Weile ist sie

völlig versponnen gewesen ins Verhandeln der eigenen Sonderlichkeit, und immer, wenn ihr jemand entgegengekommen ist, hat sie erneut angefangen mit dem Verhandeln, irgendwann ist ihr niemand mehr am Wasser entlang entgegengekommen, und das Verhandeln hat aufgehört, weil es nicht mehr so wichtig war und gar nichts mehr wichtig war.
Überhaupt alles hat dann aufgehört. Lila geht am Wasser spazieren, damit alles aufhört, und wenn alles aufgehört hat, ist alles nur das, was es ist, es sagt nichts und spricht nicht, und Lila muß auch nichts sagen und sprechen, wenn sie erst einmal aufhört, mit sich selbst zu sprechen und zu verhandeln, nicht einmal Wasser muß sie zum Wasser sagen, nachdem sie eine Zeitlang gegangen ist, weil es dem Wasser schließlich egal ist, wie Lila es nennt, und dem Sand ist es auch egal. Manchmal gibt es zusätzlich auch noch Möwen und hier und da einen Fisch, der tot daliegt. Wenn alles ist, was es ist, und dann liegt auch noch ein Fisch tot herum, kann es sein, daß Lila sich fürchtet. Erst wird ihr ein bißchen übel, weil ihr immer übel wird bei toten Fischen und Vögeln, und nachdem ihr eine Weile übel gewesen ist, fängt sie sich an zu fürchten. Tote Fische gucken einen so komisch an, und tote Vögel auch, komisch ist vielleicht nicht das richtige Wort für die Art, wie tote Fische und Vögel gucken, aber Lila fürchtet sich sehr, daher fällt ihr das richtige Wort nicht ein, sondern nur so ein falscher Vergleich, vor lauter Sich-Fürchten findet Lila es immer komisch, wie tote Fische und Vögel sie angucken, zum Kotzen komisch, genauer gesagt, zum Fürchten komisch, zum Wegrennen komisch. Kaum sieht Lila einen toten Fisch am Wasser herumliegen, will sie schon wegrennen, aber dann rennt sie doch nicht weg, weil man vor toten Fischen und Vögeln nicht wegrennen muß und nicht wegrennen kann, statt dessen geht sie

ruhig weiter und fängt erneut mit dem Denken an, versuchsweise denkt sie angestrengt an ihre Steuererklärung, an den Flug nach Bremen, sie denkt, ob sie am Siebzehnten fliegen soll oder doch lieber schon etwas eher; vielleicht lieber etwas eher, vielleicht aber reicht der Siebzehnte auch, denkt ihr Kopf, und trotzdem verschwindet der Fisch nicht vor ihren Augen oder der tote Vogel; obwohl sie schon weitergegangen ist und den Fisch nicht mehr sieht, und der Fisch sie ja sowieso nicht mehr sehen kann, weil er tot ist, sieht sie ihn doch noch, und, was noch schlimmer ist, er sieht sie, nämlich sieht er sie komisch an. Lila schaut sich um und sieht, daß alles ist, was es ist, das Wasser ist da als Wasser und meistens braun oder grau oder blau, die Steine sind da als Steine oder der Sandstrand als Sandstrand, am Strand wächst manchmal Strandhafer, der ganz genau ist, was er ist, nämlich Strandhafer und nichts sonst, alles ist ganz genau, was es ist, bloß mit totem Fisch oder Vogel davor. Die Steuererklärung hilft nicht, der Flug nach Bremen hilft noch viel weniger, also auch nicht, weil Lila bei Flug an Flugzeug denkt und bei Flugzeug an toten Vogel, sie kann nichts dagegen machen, das kommt ganz von selbst, automatisch, Lila ist immer gerade dann wirklich sehr alleine am Wasser, alle Sonderlinge der Welt sind wie aus der Welt entfernt und verschwunden, kein einziger Sonderling ist mehr da, keiner sieht Lila außer dem toten Fisch, keiner hört sie, und keiner lenkt sie ab. Übrigens ist auch der tote Fisch, was er ist, einfach ein toter Fisch, obwohl Lila in solchen Momenten flüchtig an einen Seelenarzt denkt, den sie kürzlich in Zürich kennengelernt hat, oder wo das war, eine weltweite Kapazität und Größe, dieser Arzt, einen Augenblick ist sie abgelenkt, weil sie nachdenken muß, ob in Zürich, oder wo auf der Welt das war, der Fisch ist also ein Fisch, und Lila verwirft den Kapazitätenarzt, weil, soweit sie weiß, Kapazitäten und Seelenärzte ausschließlich für solche Fische und Vögel hilfreich und zuständig sind, die keine wirklichen Fische und Vögel sind, sondern tot und lebendig nur eingebildet. Lilas toter Fisch ist nicht eingebildet. Lila sieht sich die Züricher Kapazität und Größe am Ärmel den Strand entlangziehen zu der Stelle mit totem Fisch, sehen Sie, hier liegt der Fisch und ist da, natürlich schon etwas vergammelt seit letzter Woche, und wenn ihn das Wasser oder die Möwen nicht geholt und gefressen haben, ist er auch immer noch da, ja tatsächlich; Lila sieht, wie die Kapazität verlegen wird und sich räuspert und nach dem Räuspern zugeben muß, daß der Fisch wirklich da ist und ebenso wirklich tot ist und daß er komisch guckt. Finden Sie nicht, daß er komisch guckt?, würde Lila den Seelenarzt fragen, und der Seelenarzt würde es auch finden und zugeben müssen, aus Anstand und aus Verlegenheit würde er selbstverständlich den Flug von Zürich hierher an den Strand aus der eigenen Tasche bezahlen, und selbstverständlich wäre die ganze Sitzung umsonst, die auch gar keine Sitzung gewesen wäre, sondern dieser Spaziergang am Strand zu der Stelle mit totem Fisch; der Seelenarzt würde sich wortreich bei Lila entschuldigen müssen, daß er ihren toten Fisch mit einem eingebildeten Phantasiefisch verwechselt hätte, und nichts wäre damit gewonnen oder gelöst, der Fisch wäre weiter ein Fisch und weiter vor Lilas Augen, genau wie der tote Vogel, der einmal vor ihrem Auto lag, und auch der andere Vogel, der erst noch lebendig war, als er durchs Fenster herein in ihr Zimmer geflogen kam, und dann ist er immerzu gegen die Wände geflogen, gegen alle vier Wände, bloß nicht wieder durchs Fenster hinaus, so ein dummer Vogel, hat das Fenster nicht wieder gefunden, Lila im Zimmer ist das Wegrennen nicht gelungen, obwohl ihr sehr übel war, zum Wegrennen übel, der Vogel ist eine junge Amsel gewesen und hat sich mindestens so gefürchtet wie sie vor dem Sterbenmüssen und vor den Wänden, vor Furcht hat er überall Vogeldreck hingemacht und gepiepst, und schließlich hat er doch sterben müssen, direkt an der Wand ist er von der Wand auf den Boden gefallen, so ein dummer Vogel, dabei vom Fenster nicht weit entfernt, auf dem Boden hat er noch mit den Flügeln ein bißchen zu fliegen versucht, dann hat er nur noch mit den Flügeln gezuckt und dann nicht mehr mit den Flügeln, sondern nur noch mit der Brust gezuckt, und danach gar nicht mehr, und Lila hat einen toten Vogel im Zimmer gehabt. Während sie weiter am Wasser entlang spazierengeht, hat sie plötzlich alle toten Fische und Vögel auf einmal vor sich und an sich, auf ihre eigenen Augen geklebt, auf die Netzhaut geklebt und nicht wegzukriegen, und alle gucken sie Lila so komisch an.

* * *

Du, sagt Lila, wenn sie nach solchem Spaziergang am Wasser nach Hause kommt und sich aufgelöst, windzerzaust aus dem dicken Pullover hinaus gewunden und ins Sofa hinein geräkelt hat, vor lauter Wind und Alleinsein am Wasser atmet sie gleich so tief und viel tiefer, dann gähnt sie lieblich, streckt die Arme weit aus und zieht die Beine an, Lilalein, so ein Lilapaket, voll mit Luft und Wind und Alleinsein, räkelt sich auf dem Sofa, jemand hat an den Whisky gedacht, jemand hat an die Zigaretten gedacht, jemand hat, während sie weg war, das Katzenklo sauber gemacht, ohne das Menschenklo zu verstopfen, der Spaziergang hat Lila gutgetan, und jetzt tut es gut, auf dem Sofa zu sitzen. Hat jemand angerufen? Die Katze kommt an und schnuppert den seltenen

Lilageruch, den Lila mitgebracht hat von draußen. Der Hund, wie es scheint, ist beleidigt; nie nimmt Lila ihn mit, wenn sie rausgeht, als wäre ein Blindenhund immer nur Blindenhund und im Dienst. Er verrät nicht, was alle wissen, daß er den Blindenhund schließlich nur spielt und in Wirklichkeit gar keiner ist trotz der Ausbildung, die er hatte, vielleicht aber weiß er das gar nicht? Die Katze springt nach dem Schnuppern und Zögern zierlich auf Lilas Schoß, und wer jetzt sehen könnte, würde sehen, daß die eine Katze sehr schön zu der anderen Katze paßt und gehört, aber der Mann kann nicht sehen, was mit Leichtigkeit jedermann sehen könnte: wie die zwei Katzen zusammenpassen, was ein schönes Bild wäre, zwei so schön zusammengehörende passende Katzen auf einem Sofa mit Whisky davor, mit mitgebrachtem Wind in den Haaren der einen schwarzen Katze, man könnte sehen, wie der Wind sich kräuselt, oder ist das jetzt schon der Zigarettenrauch?

Wenn er das sehen würde? Wenn er eines Tages das Bild sehen würde, das Lila ihm von sich macht? Nun.

Du, sagt Lila dann zu dem blinden Mann, das müßte man wirklich öfter machen, man kommt einfach zu wenig raus bei dem ganzen Theater. Ihr Mann findet auch, daß Lila zu wenig rauskommt und öfter einmal hinaus sollte an die Luft, überhaupt an ihre Gesundheit sollte sie öfter denken, weil sie einfach überarbeitet ist, vollkommen überanstrengt, und dann raucht sie zu viel und ißt nicht genug, eine Gesundheit ist eine kostbare Sache, und Lilas Gesundheit scheint besonders kostbar und zudem auch noch zart, wenn nicht hauchzart zu sein, eine hingehauchte Angelegenheit, die gelegentliche Spaziergänge gut gebrauchen könnte, auch Lilas Nackenverspannung könnte außer Weichstreicheln und

Geküßtwerden den einen oder anderen Spaziergang mit oder ohne Schwimmen sehr gut vertragen.
Lilas Blässe allerdings ist zwischen uns kein Thema. Lila, schwarzhaarig, wie man sie sich zu denken hat, ist auf zauberhaft aprikosenfarbene Weise immer ein wenig blaß, nur in letzter Zeit ist ihre aprikosenfarbene Blässe womöglich noch etwas blasser und geradezu besorgniserregend aprikosenfarbig geworden, eine beunruhigend zauberhafte Blässe steht Lila hauchzart im Gesicht wie hineingehaucht, so blind kann ein Mann gar nicht sein, daß er für solche Blässe nicht Gründe vermutet, und wenn schon nicht mehrere Gründe auf einmal, so doch wenigstens einen einzelnen Grund, den er übrigens in Bremen vermutet und dänischer Herkunft verdächtigt, das heißt, er vermutet den einzelnen Grund immer dann in Bremen, wenn er Lila in Bremen weiß, obwohl Lila ihrerseits in ihrer Angegriffenheit – sie sollte sich wirklich mehr Ruhe und Wasserspaziergänge gönnen – selbst manchmal nicht recht zu wissen scheint, wann und daß sie in Bremen war, und neuerdings Bremen mit Recklinghausen auffällig oft verwechselt. Nach den Briefmarken auf den Briefen zu schließen, die mehrmals wöchentlich an Lila gerichtet zu sein scheinen, da sie wohl schwerlich an die Morgenrocktaschen in ihrem Morgenrock gerichtet sein dürften, wo sie ungelesen hineingesteckt werden und schon beim Frühstück verschwinden, nach diesen Briefen also zu schließen, muß man den Grund für Lilas besorgniserregende Blässe besuchsweise in Bremen, ansonsten jedoch weiter oben, weiter nördlich vermuten, vermutlich in Kopenhagen, wenngleich der Absender dieser Briefe nichts davon schreibt, ob er in Kopenhagen wohnt oder wo auf der Welt in Dänemark sonst, indem er nämlich als Absender auf den dänischen Briefen namentlich gar nicht vorkommt, auch nicht als Inhaber einer Adres-

se, einzig dänische Briefmarken und Lilas Adresse, unsere Adresse nämlich, kommen auf diesen Briefen vor, und wo als in Kopenhagen soll man einen verdächtigen Dänen vermuten, dessen Obdachlosigkeit Lila, zumal sie mehrmals wöchentlich damit belastet wird, offenbar schwerste Sorgen bereitet? Eine vermutlich also begründete aprikosenfarbene Blässe im handwerklich einwandfreien Lila-Gesicht bleibt einer Blindenbrille bekanntlich erspart und verborgen, nicht aber eine so hauchzarte Sache wie Lilas Gesundheit, um die man sich allerdings sorgen muß. Lila ist ungefähr so robust wie ein Pferd, eine liebliche Dampfmaschine. Was den verspannten Nacken betrifft, braucht man sich, so wie sie Auto fährt, über fast gar nichts zu wundern. Wahrscheinlich auch übertreibt sie mit dieser Nackengeschichte: sie wird nur so gern auf den Nacken geküßt. Auf den Nacken besonders, und Lila ganz allgemein, Lilalein.
Kein Anruf in ihrer Abwesenheit? Doch ein Anruf. Eine Frau, die offenbar keinen Nachnamen hat.
Du, sagt Lila, wir sollten wirklich am Wasser leben und jeden Tag lange Spaziergänge machen, und dann macht sie Pläne, wie sie am Wasser leben sollten und könnten, ganz nah am Wasser dran; es muß doch Häuser am Wasser geben, ob wir nicht eines von solchen Häusern an einem Wasser finden könnten; das einzige in Lilas Leben, was wirklich gut tut, gesund macht und Lila tief durchatmen läßt, sind lange Wege am Wasser entlang und ein Haus möglichst ganz nah am Wasser, praktisch so gut wie im Wasser drin soll das Haus möglichst sein; wenn man hört, wie nah an dem Wasser ein Haus nach Lilas Wünschen zu stehen hätte, muß man an Pfahlhäuser denken, soll man Lila ein Pfahlhaus ins Wasser setzen? Spaziergänge täglich mehrere, davon jeder zweite etwa allein, weil sie nur so zu sich kommen und einmal ganz bei sich sein kann, teuer übrigens wäre es

auch nicht, im Gegenteil, Lila hat tatsächlich im Augenblick gerade vergessen, daß sie einen Beruf hat, zudem einen Beruf, der schwerlich an menschenentleerten Gewässern zu praktizieren und auszuüben sein dürfte, in Pfahlbauten an solchen Gewässern, einiges vergißt sie immer, wenn sie Pläne macht und das eigene Leben ans Wasser ziehen will, förmlich ins Wasser hinein, wo es allerdings, muß man ihr umstandslos beipflichten, um einiges billiger wäre als in der Stadt. Nicht daß Geld ein Problem ist für Lila, Geld ist eigentlich da, was nicht immer so war, Geld war zuweilen auch vorwiegend keins schon da, weil puritanische Pfarrerstöchter weitgehend groschenlos ins Leben hineingelangen, aber jetzt ist eigentlich welches da, trotzdem wäre es nicht nur gesünder, sondern auch gleich noch billiger, aus der Stadt heraus an ein Wasser, in ein Wasser hinein geradezu mit der Pfahlbauweise zu ziehen, unabweisbar ist so ein Einspargedanke, einleuchtend, ein ganz billiger Gedanke, man könnte auf wohlfeile Art eine Menge Gesundheit erzielen; die Erholsamkeit des Alleinseins; auch zu zweit natürlich Spaziergänge, etwa jeder zweite Spaziergang möglicherweise zu zweien, die Erholsamkeit des Zweiseins, ein Kind vielleicht, sodann das Dreisein mit entsprechender Erholsamkeit, anstatt in überteuerten Städten, Flughäfen, Taxen, Restaurants, wie ich Hotelzimmer hasse, buchstäblich sein Geld aus den Fenstern hinaus –

Der Mann raucht und sagt gar nichts. Dabei gäbe es etwas zu sagen. Soll ich es etwa sagen? Der Mann sagt nichts. Er ist blind und hat eine Vorstellungsgabe. Mit dieser Vorstellungsgabe stellt er sich etwas vor. Aber wir wissen nicht, was. Kann sein, wie er raucht und nichts sagt auf dem Sessel, denkt er an seine Steuererklärung, man muß es ihm wünschen, sonst kommt die Erklärung zu spät aufs Finanzamt, und alles wird kompliziert; kann auch sein und ist durchaus möglich, der Mann stellt sich Lila vor, wie sie buchstäblich ihr Geld aus den Fenstern überteuerter Städte, Flughäfen, Restaurants, Taxen undsoweiter hinauswirft, in seiner Vorstellung wirft sie es ganz besonders aus Hotelzimmern hinaus, was allerdings erst einmal doch nicht so sehr gut vorstellbar ist, weil das schwierig sein dürfte bei den teuren, klimatisierten Hotels, die sie immer nimmt, wenn sie tut, als ob sie erwachsen wäre, Lilalein, mit ihrem kleinen Stich ins Luxuriöse, teuer und klimatisiert nämlich sind die Hotels, die Lila nimmt, wo zum Teufel in überteuerten Städten könnte Lila ein Hotel mit Hotelfenstern gefunden und aufgetan haben, die sich öffnen lassen, damit Geld aus ihnen hinaus auf die Straße geworfen werden kann, und mit einmal kann eine Vorstellungsgabe etwas Scheußliches sein, wenn man sie hat oder umgekehrt, ungefähr jeder Mann kann ein Lied davon singen, wie abstoßend scheußlich eine Vorstellungsgabe sein kann und einen plagen kann, je blinder einer ist, um so scheußlicher plagt ihn die Vorstellungsgabe, und Lilas Mann ist wirklich aufs scheußlichste heimgesucht von der Plage, deshalb liebt sie ihn schließlich, wegen der Vorstellungsgabe, und jetzt also wird er heimgesucht: alle Hotels, von denen Lila jemals erzählt hat, sind ausschließlich teure und klimatisierte Hotels gewesen, in denen die Fenster geschlossen blieben und nicht zu öffnen waren, Lilas schlechter Hotelzimmerschlaf bislang von ihr selbst gedeutet als Folge der klimatisierten Luft und der Klimaanlage, Übernächtigung, aprikosenfarbene Blässe; der Mann ist plötzlich magisch angetan von der Vorstellung, Lila habe gelegentlich ein Hotelzimmer zum Zwecke des Fensteröffnens und Luftholens sowie Geld-Hinauswerfens gesucht und gemietet, das dann natürlich kein teures, klimatisiertes Zimmer, sondern ein wesentlich preiswerteres hätte gewesen sein müssen, ein Absteigen-Hotelzimmer geradezu, stellt er sich vor, habe Lila womöglich benutzt, um dort das Fenster zu öffnen und Geld aus dem Fenster hinauszuwerfen, er kann nichts dagegen tun, daß er sich Dinge vorstellt, es kommt automatisch, es ist ein Zwang und ein Wahn, eine furchtbare blinde Vorstellungsgabe, das ist ihm klar, man muß sie mit aller Gewalt bekämpfen, damit nicht am Ende ein Un-glück geschieht; diese Vorstellung, wie Lila in einem Absteigenzimmer vor offenen Fenstern steht, die Haare plustrig schwarz aufgelöst, und wirft ihr Geld aus dem Absteigenfenster, diese Vorstellung also ist magisch, ebenfalls magisch ist, daß die Absteige nach seiner Vermutung in Bremen steht und Lila sonderbar aufgelöst vor dem Bremer Absteigenfenster, zudem zu dünn angezogen, nämlich so gut wie gar nicht.

Dazu gibt es nichts zu sagen. Solange er bloß nichts sagt von der Vorstellung und dem Verdacht!

Zu sagen gäbe es allerlei, was die Lila-Planung umgehend als Fehlplanung ausweist. Da er es nicht sagt, muß ich es wohl sagen: etwa Lilas, sehr behutsam ausgedrückt, alberner Stich ins Luxuriöse, Hang zu Exzessen aus beruflichen Gründen von Zeit zu Zeit nachts, wenn Pfahlbauten am Wasser mit öffentlichen Verkehrsmitteln nicht zu erreichen sind und die Art der Getränke das Autofahren unbedingt ausschließt; Unfähigkeit zu jeglicher Art Ruhe auf Dauer; Ungenügen einer einzelnen noch so geliebten Person, um Lilas Gier nach was nur zufriedenzustellen. Nicht zuletzt müßte man auf die Kosten verweisen, die durch fortgesetztes Telefonieren zwischen dem Wasserhaus und der Welt entstehen würden und die gigantisch wären, alles Einwände, die in dieser Reihenfolge etwa zu sagen und einzuwenden wären.

Warum tut er es nicht?
Das geht uns gar nichts an.

* * *

Einmal ist Lila in Ungarn in einem Hotel gewesen; rund um den Plattensee haben direkt am Wasser, bis fast ins Wasser hinein, eins am andern, Hotels gestanden, Hochhaushotels, diese Hochhaushotels hatten alle zehn Stockwerke etwa, es gab zu der Zeit westliche Hochhaushotels, in denen am Abend immer dieselben drei Männer oder drei andere Männer, das konnte man nicht unterscheiden, romantisch auf Streichinstrumenten spielten, jeden Abend die gleiche Musik wie am Abend vorher, das fing bei der Suppe mit Mozart an, und beim Nachtisch kamen sie schließlich bis Offenbach, nach der Barcarole wurden die Streichinstrumente weggepackt. In diesen westlichen Hochhaushotels gab es Fahrstühle, die meistens funktionierten. Und dann gab es am Plattensee auch noch östliche Hochhaushotels. Zwischen den westlichen und den östlichen gab es bis in den See hinein und durchs Schilf hindurch einen Zaun. Der Zaun war ein Stacheldrahtzaun und dazu gedacht, die westlichen vor den östlichen Plattenseemenschen zu schützen oder von ihnen getrennt zu halten, aber man konnte doch von den östlichen zu den westlichen Menschen und Hochhaushotels und umgekehrt durch den See schwimmen, man mußte nicht einmal richtig schwimmen können, weil der Plattensee flach ist, im Sommer ist er noch etwas flacher als sonst, also konnte man gut von den westlichen zu den östlichen Menschen und Hochhaushotels und umgekehrt schwimmen und sogar waten, und das jedenfalls hat Lila häufig getan, weil drüben eine ungarisch östliche Freundin wohnte. In den östlichen Hochhaushotels gab es allabendlich keinen Mozart mit Offenbach als Trio mit Streichinstrumenten, es gab auch keinen Nachtisch für einen Offenbach, sondern den einen Tag zu dickes, den anderen Tag zu dünnes Essen, vollständig ohne Suppe, Musik und romantisches Trio; aber Fahrstühle gab es auch. Die Fahrstühle funktionierten fast nie, nur konnte Lila davon nichts wissen, weil es entweder nicht auf den Fahrstühlen stand, oder es stand drauf, und dann konnte Lila aber kein Ungarisch lesen. Also hat sie es nicht gewußt. Sie ist Fahrstuhl gefahren, weil ihre Freundin im achten Stock wohnte. Die Freundin ist niemals mit dem Fahrstuhl gefahren, weil sie als Ungarin einen Instinkt hatte, wegen des Instinktes ist sie nie auf die Idee gekommen, Fahrstuhl zu fahren oder Lila vor östlichen Fahrstühlen etwa zu warnen, Instinkte sind angeboren, man muß nicht darüber reden, und also ist Lila Fahrstuhl gefahren, obwohl dieser Fahrstuhl ein östlicher Fahrstuhl war und folglich nicht funktionierte. Anfangs funktionierte er noch, aber als er fast oben war, hörte er damit auf und fing an hinunterzufallen. Wenn Lila später die Fahrstuhlgeschichte erzählte, hat sie selbst beinahe manchmal geglaubt, es sei furchtbar gewesen, weil alle Leute, denen sie davon erzählt hat, überzeugend entsetzt gewesen sind über den Fahrstuhlfall, alle Leute haben sofort entsetzt das Gesicht verzogen; dabei ist es nicht furchtbar gewesen, nicht für Lila; und etwas, was Lila genau weiß seit diesem Tag, und hoffentlich vergißt sie es nicht eines Tages, ist, wie es war, herunterzufallen und nicht zu wissen, daß unten ein Luftkissen oder eine Spiralfeder war, aber alle Leute, denen sie es erzählt hat, haben gedacht, es muß furchtbar sein, sie haben es so überzeugend entsetzt gedacht, daß Lila fast selbst geglaubt hat, es müsse furchtbar gewesen sein, dabei weiß sie genau, daß es nicht furchtbar war, nicht für sie. Lila *(mein Leben als Frau)* hat sich mit der Zeit angewöhnt, die Geschichte falsch zu erzählen, so daß sie furchtbar ist, weil sie niemand erschrecken möchte mit einer Geschichte, in der es bloß ist, wie es ist. Am selben Tag, als sie in Ungarn im Fahrstuhl vom achten Stock runtergefallen ist, hat sie abends am See einen Blitz gesehen, der ein Kugelblitz war, was Lila aber natürlich nicht wußte, weil sie noch nie einen Kugelblitz vorher gesehen hatte. Kugelblitze sind äußerst selten und kommen fast niemals vor. Der Kugelblitz ist also kein Kugelblitz für Lila gewesen, sondern eine Erscheinung. Lila hat eine kleine leuchtende Kugel auf dem abendgrauen See gesehen, der See hat ein bißchen um die Kugel herum mitgeleuchtet, aber sonst war er grau, weil es Dämmerung war, und die Sterne oben waren noch schwach. Lila hat gedacht, daß die Leuchtkugel eine eigenartige Beleuchtung sei für die Plattenseefähre, die immer über den See hin und her fährt bis weit in die Nacht, weil die Kugel etwa an derselben Stelle war wie die Fähre, aber dann war es keine Fährenbeleuchtung, es rollte über den See und wurde langsam größer, dann wurde es schneller und im Schnellerwerden auch schneller größer mit einer Beschleunigung, dann hat es ziemliches Tempo gehabt und war sehr groß geworden, eine Leuchtkugel zuerst so groß ungefähr wie ein Baum, dann ein Feuerball, riesig, groß wie ein Haus und noch größer, vielleicht wie ein Hochhaushotel, Lila kennt sich mit falschen Vergleichen nicht aus, aber trotzdem war es wohl etwa so groß, es rollte nicht mehr, sondern raste über den See auf das Ufer zu, an dem Lila stand, und würde sie bei diesem Tempo im nächsten Moment erreichen und über sie drüberrollen, und sie wäre drunter, sie wäre dann sofort verbrannt und natürlich tot, und der Feuerball würde weiter rasen über den ganzen Ort und durch die trockene Pußta, die Pußta war nämlich sehr trocken im August, der Mais war schon abgeerntet, und der Rest war verdörrt und trocken, das war so, das brauchte man gar nicht vor sich zu sehen. Lila hat ganz genau alles gesehen, wie es war, einen riesigen Feuerball, der auf sie zugerast kam, und sonst nichts, und kurz vor dem Ufer ist er plötzlich zerfallen, tausende schwarze Risse und Äderchen sind auf dem Ball erschienen, ein schwarzgeäderter Riesenball ist auf dem See zu sehen gewesen und hat geglüht, bevor er einfach zerfiel, ins Wasser zerfiel und verschwand, lauter glühende gelbrote Brösel und Scherben, und dann war er weg und verschwunden. Lila hat sich umgedreht und gemerkt, daß niemand den Ball gesehen hatte. Es sind eine Menge Leute am Ufer gewesen, nicht sehr viele, aber doch eine Menge, sie haben sich unterhalten, und in ihren Unterhaltungen hatten sie nicht auf den See geschaut und also den Ball nicht gesehen. Lila hat immer wieder, ein paar Jahre lang nämlich, erfolglos versucht, von dem Ball zu erzählen, den keiner gesehen hatte an diesem Abend und von dem sie damals noch nicht gewußt hatte, daß es ein Blitz, ein Kugelblitz nämlich, gewesen war, das kam erst mit den Jahren, und natürlich hat keiner geglaubt, was sie sagte, alle haben gesagt, das ist deine Phantasie, du hast eine blühende Vorstellungsgabe; Lila hat vergeblich beteuert, daß sie keinen winzigen Funken Vorstellungsgabe und Phantasie habe und besitze, aber natürlich vergebens, alle haben gesagt, mit dieser abnormen Neigung und Gabe, Kugelbälle auf Seen hinaufzuphantasieren und dort noch ins Rollen zu bringen, würde es Lila nicht anders gehen als dem Jungen, der immer geschrien hat, der Wolf wäre hinter ihm her, und dann wäre der Wolf gar nicht hinter ihm her gewesen. Lila hat gesagt, kein Wolf war das, sondern ein Feuerball, und er war keineswegs hinter mir her, sondern kam ganz genau auf mich zu, und zwar ganz genau auf mich zugerast und -geschossen, Lila hat auch gesagt, daß sie Kugelblitze ja gar nicht erfinden könnte, weil sie zu der Zeit in Ungarn noch nicht einmal wußte, daß es Kugelblitze überhaupt gibt und daß Kugelblitze Kugelblitze sind und heißen. Es hat keinen Sinn, einen Wolf zu erfinden, wenn man denkt, daß es Wölfe nicht gibt. Lila ist rechthaberisch und wütend gewesen und hat gesagt, daß das keiner verstehen will, dabei weiß doch jedes Kind, daß es sehr sehr schwer ist, etwas zu erfinden, das es schon gibt, jedes Kind versucht einmal, wenn es noch klein ist, einen Staubsauger zu erfinden etwa und gleich einen Schirmständer mit zu dem Staubsauger noch dazu, jedes Kind entdeckt noch als sehr kleines Kind, es ist so sehr schwierig, Staubsauger zu erfinden oder Schirmständer, die es doch schließlich gibt, daß man ein ganzes Leben lang braucht, um damit einigermaßen zurecht und zurande zu kommen, allein diese Schwierigkeit ist für jeden erfindungswilligen Menschen von Kind an und lebenslänglich eine ganz ungeheuerliche und muß ungeheuerlich bleiben, und sie, Lila, käme jedenfalls niemals auf die Idee, etwas zu phantasieren oder gar zu erfinden, das es dann gar nicht gibt. Lila hat bald gemerkt, daß es niemanden interessiert, was sie sagt von dem Feuerball-Kugelblitz, und irgendwann später hat sie zufällig ein Verzeichnis entdeckt mit Kugelblitzen, in dem Verzeichnis waren alle Kugelblitze verzeichnet, die man in diesem Jahrhundert beobachtet hat, es sind nicht sehr viele gewesen, aber doch immerhin einige, und der Plattenseekugelblitz war dabei. Lila hätte befriedigt sein müssen, oder hätte sie nicht?, hätte sie mit dem Verzeichnis der Kugelblitze herumgehen müssen und jedem einzelnen das Verzeichnis mit ihrem Plattenseekugelblitz mittendrin als Beweis ihres Mangels an Vorstellungsgabe vor Augen führen und zeigen müssen, hätte sie jedem einzelnen sagen müssen, sieh her und sieh hin, es hat diesen Blitz gegeben, gib zu, daß es ihn gegeben hat? vielleicht hätte sie, aber dann hat sie es doch nicht gemacht, sie hat die Liste gesehen, den Plattenseekugelblitz auf der Liste, mit dem sie jahrelang Leute behelligt und sehr gelangweilt hatte, da stand er schwarz auf weiß und war wirklich ein Plattenseekugelblitz früher gewesen, bloß war es nicht mehr wichtig, einen amtlich geführten Kugelblitz im Verzeichnis geführt und registriert vor den Augen zu haben und den eigenen Mangel an Vorstellungsgabe und Phantasie somit schlüssig und bündig beweisen zu können, an dem Tag war der Kugelblitzzauber endgültig schal geworden und hin, weil Lila zu der Zeit gemerkt hat, es geht ausschließlich darum, daß etwas ist, wie es ist, und daß Lila wenigstens weiß, wie es ist, wenn es ist, was es ist.

* * *

Gut. Meinetwegen. Aber was ist mit diesen dänischen Briefmarken auf wöchentlich mehrfach an Lila ergehenden absenderlosen Briefen? Was sollen wir dazu sagen, daß Lila diese dänischen Briefe nicht nur wortlos diskret in die Taschen des Morgenrocks steckt, wo sie wenigstens dann verschwunden wären, sondern dann läßt sie sie auch noch herumliegen in der Wohnung, als ob sie nicht wüßte, daß ihr Mann ja nicht blind ist und sich daher kaum mehr in der eigenen Wohnung rühren und umdrehen kann und bewegen, ohne auf Schritt und Tritt Anstoß nehmen zu müssen an lose herumfliegenden dänischen Briefen, immerhin zwar maschinengeschriebenen Briefen, das immerhin, aber eben hartnäckig und häufig; die dänische Hartnäckigkeit und Lilas aufreizend unbekümmerte Art, wo sie geht und steht, Spuren dänischer Hartnäckigkeit zu verstreuen, zu hinterlassen und fallenzulassen, herumzuverteilen, was soll man

dazu sagen? Kaum daß ihr eigener Mann in der Küche ein Brot sich abschneiden und schmieren will, liegt auch schon gleich auf dem Küchentisch wieder ein solcher Briefmarkenbrief herum und ist peinlich offen. Prüfungen über Prüfungen, die penetrante allgegenwärtige Aufgerissenheit, Offenheit dieser Briefe – ist das nicht mehr, als ein guter, solider Verdacht mitsamt Liebe verkraften kann?
Es ist auch schon vorgekommen, daß Lila anruft und sagt, sie sei beim Friseur, und wenn sie zurückkommt, ist sie wie nicht beim Friseur gewesen, von seltsamer Aufgelöstheit, besonders aufgelöst auch und gerade das Haar, schwarzes Hexenhaar, das man an Lila so liebt, die besondere Aufgelöstheit von Lila allgemein und besonders von Lilas Haar, und Lila wiederum liebt es, wenn man ihr sanft darüber streicht, sanft und blind, und dann ist es ganz genau richtig; vielleicht ist die Aufgelöstheit von Lilas Haar auf kostbare Weise von einem Friseur künstlich hergestellt, soll man an die Kunstfertigkeit von Friseuren glauben, und wenn es sie gäbe, diese Kunstfertigkeit, will man sie überhaupt glauben, wenn man sieht, daß Lilas Haar nicht an die Kunstfertigkeit von Friseuren glaubt, indem es seinerseits nicht beim Friseur war? Soll man Briefe lesen, in denen Lila offenkundig mit anderen Männern als mit dem eigenen in auswärtigen Badewannen irgendwelche Getränke getrunken hat, oder soll man den in den Briefen und Badewannen getrunkenen dänischen Alkohol ungelesen einmal als Aquavit annehmen, bezeichnen und vermuten, begründet vermuten zwar, bei aller Begründetheit keine angenehme Vermutung natürlich, die man mit Bremen in irgendeine Verbindung zu bringen hat wegen der Nähe zu Kopenhagen, während Lilas Anrufe, sie sei gerade beim Friseur, und ihre anschließend nach Hause gebrachte Unfrisur und Aufgelöstheit nicht in Bremen stattfin-

den, muß einem das zu denken geben? Wie kann ein Däne sowohl betrunken in Bremen sein und, obdachlos wie er ist, in dortigen Badewannen mit Lila Alkohol trinken, als auch gleichzeitig dänische Briefmarken auf namen- und wohnsitzlose Briefe aus Dänemark kleben und Lila unter Umgehung des Postwegs auch schon in die Handtasche gesteckt haben oder in ihren Morgenrock, um sie sodann zum Friseur zu begleiten, einem wahren Weltmeister von einem Friseur, der künstliche Aufgelöstheit von Hexenhaar Lila ins Haar bringt, während der Sozialfall von einem Dänen ihr rührend das Händchen hält. Besonders erbitternd übrigens letzteres, da man das Briefeschreiben und Badewannenbetrinken mit Lila schon selbst gemacht hat und also kennt, wohingegen sie sich energisch verbeten hat und bis heute auch mit Erfolg, daß man sie zum Friseur begleitet, was sie umstandslos jedem sinnlos besoffenen Dänen zu erlauben scheint, Lilalein.
Soll man Kästen und Kästchen und Kisten und Kistchen und Schubladen und Schatullen mit den eigenen Liebesbriefen darin, ja was? Ja und was dann?
Tagebücher?
Das geht uns gar nichts an!

* * *

Katrin weint. Und zwar weint Katrin telefonisch. Erst hat sie nicht geweint, sondern nur angerufen, um von fiebrigen Ohrenschmerzen des größeren und ansteckungsgemäß entsprechend ebenfalls fiebrigen Ohrenentzündungen des kleineren Kindes zu berichten, beide zusammen haben Nachtarbeit in letzter Zeit vereitelt, Kinder überhaupt sowie die damit verbundenen mangelhaften Kinderbetreuungspraktiken sind eine furchtbare Arbeitserschwernis und -vereitelung angesichts des machenschaftlichen Marktes, der eine zweifache Mutter wie Katrin, wenn sie unverlangt auf ihm auftritt, gnadenlos abweist, dazu noch die Ohrenschmerzen. Katrin hat dunkle Ahnungen für die Zukunft der Frauen auf diesem Markt durchs Telefon an eine Wand gemalt, gegen die sie offenbar, so wie sie sagt, immerzu rennt und läuft und anrennt, immer mit dem Kopf, sagt sie, und die aber stehenbleibt und nicht einreißbar ist durch Dagegenrennen; es scheint eine Macht auf dem Markt zu sein und zu geben, wenn nicht gar dunkle Mächte, und Macht ist etwas, das Katrin verabscheut, das sie anekelt und ihr Angst macht, wenn sie sieht, daß sogar in den östlichen Teilen des Landes neuerdings die ehemals großzügige Kinderbetreuung rund um die Uhr abgeschafft worden ist, statt daß sie im Westen eingeführt wird, eine vorzügliche Tag-und-Nacht-Gratispraktik anstelle der Kinderlosigkeit eines Marktes, mit dessen Machenschaften der Staat offensichtlich in einem geheimen Bündnis steht, da er sich weigert, rund um die Uhr Katrins Kinder und deren Ohrenschmerzen zu betreuen und zu kurieren. Man sollte, hat Katrin gesagt und noch nicht geweint, sie ist kämpferisch gewesen am Anfang des Telefonats, man sollte, und dann hat sie drastische Maßnahmen erwogen, die man ergreifen und anwenden sollte als Frau und Mutter, wir nämlich sollten diese Maßnahmen ergreifen und anwenden, wenn ich sie richtig verstanden habe, nach dem Wir habe ich nicht gefragt, weil alsbald von Aufstand, Gebärstreik, Gehörsturz, Revolution und sonstiger Verweigerung alles Möglichen und davon, daß wir jetzt reagieren müssen, die Rede gewesen ist, mit welchen Mitteln wir Katrins Arbeit und Nachtarbeit schützen und gewährleisten sollten, unser aller Arbeit, Nachtarbeit, Brot und Freiheit auf einem unverlangt auftretenden Markt. Sie hat auch noch nicht geweint, als sie grimmig angefangen hat, sich und mir zu erzählen, wie wir das machen, das Drohen und Reagieren und das Verweigern, nämlich auf vielfältigste Weise; geradezu perfid stellen wir es an; die reichhaltigsten Verweigerungsmöglichkeiten, so Katrin listig, erschließen sich nämlich verweigerungswilligen Müttern und Frauen, schon eine einzelne Frau mit ihrem Verweigerungswillen kann sozusagen im Privaten und also im kleinen und stillen Erhebliches leisten und anrichten, aber wenn eine Einzelverweigerung erst einmal multipliziert wird mit der millionenfachen Vielfältigkeit von allem Möglichen – ha, hat sie bitter voll bitterer Lust durch die Telefonleitung hindurch und hervorgestoßen, ein Massenhungern von Frauen, ein gesamtweiblicher Hungerstreik als Mittel, unser aller Nachtarbeit vor den Ohrenschmerzen der Kinder sowie auch den Kindern selbst zu schützen, das etwa schwebt ihr vor, und im Gefolge der anorektischen Strategien sieht Katrin weitere empfindliche Verweigerungsmaßnahmen über private und öffentliche Haushalte hereinbrechen, anstelle der Nachtarbeit hat Katrin dunkle Visionen einer dunklen Zukunft für die Hälfte der Menschheit, also entweder für Frauen oder für Männer, zutage gebrütet, ich kann im Interesse der Männer und Dunkelmänner nur hoffen, daß wir alle unsere uns plagenden Kinder ab morgen der zuständigen Kinderbetreuung in die öffentlichen Hände drücken und rund um die Uhr dort gedrückt lassen können, andernfalls wir die Zug-, Hebel- und Schlagkraft eines erprobten Hausmittels zur Anwendung bringen und allabendlich kollektiv Migräne und Menstruationsbeschwerden vorschutzen. Ich habe mir das alles kollektiv und synchron vorzustellen, gewissermaßen politisch, und als politische Maßnahme sei es auch sehr gut einsetzbar gegen weitere beklagenswerte Zustände, die es ungefähr ebenso vielfältig leider gibt wie gottlob Verweigerungsstrategien, nämlich ein Gesundheits- sowie insbesondere ein Zahngesundheitswesen, das, wie ich höre, gar kein Wesen, sondern ein Unwesen sei und treibe, einen bedauerlichen Fremdenhaß sowie, ebenfalls zu bedauern, eine Arbeitslosigkeit und eine Naturzerstörung, diese besonders bedauerlich, alles das gäbe es nicht, so Katrin, wenn wir uns nur entschließen wollten, von all den Empfindlichkeiten wirksam Gebrauch zu machen, über die wir bislang nur im kleinen und stillen und folglich begrenzt verfügen. Da ich nichts sage, sondern im stillen über das Schicksal des neuen Katrin-Mannes und seines zumindest erfüllungsbedrohten, wenn nicht vergeblichen Kinderwunsches grüble, sagt Katrin plötzlich, ja du! Ich versichere umgehend und wahrheitsgemäß, daß ich seit Wochen keinen Campari getrunken habe, aber Katrin weint trotzdem, womöglich hat sie sich bei ihren Kindern angesteckt, denke ich und hoffe, daß ihr Wunder von neuem Mann nicht nur für unsere Gesamtverweigerung und -anorexie, sondern auch noch für Krankheit Verständnis hat und aufbringt, aber so wie Katrin jetzt weint, muß zu befürchten sein, daß ausgerechnet mit diesem Verständnis etwas nicht so funktioniert, wie es sollte, tatsächlich nämlich: bricht es aus Katrin heraus, funktioniert das Verständnis nur noch unzureichend bis gar nicht und im Grunde für überhaupt gar nichts mehr auf der Welt, vor allem für Katrin scheint das vor kurzem noch intakte und reichlich fließende Verständnis ein für allemal zum Versiegen und zum Erliegen gekommen zu sein, mangelnder Nachtschlaf, so höre ich, nicht nur infolge der Ohrenschmerzen zweier scheidungsgeschädigter Kinder, womit eine nette Frau allenfalls noch leben könnte, nicht leben hingegen kann sie mit fliegenden Gegenständen nachts, sie erwähnt Gläser, Aschenbecher und sonstige Haushaltsgerätschaften sowie eine volle Vase. Ich sage vorsichtig, eine Vase kann dies und jenes sein, es gibt leichte Vasen und schwerere Vasen, Bodenvasen für Flieder kommen mir in den Sinn und werden aber doch lieber nicht erwähnt, dafür Vasen für Veilchen, Gänseblümchenvasen und für Vergißmeinnicht zum Beispiel sind kleinere, sogar sehr kleine Vasen, selbst in gefülltem Zustand sind sie doch noch nicht wirklich gefährlich schwer, aber Katrin will die Größe und Beschaffenheit von Vasen jetzt nicht erörtern, sondern weinen. Ja du, sagt sie noch einmal vorwurfsvoll, weil ich offensichtlich nur von Campari etwas, hingegen vom Vasenwerfen rein gar nichts verstehe und begreifen kann, es ist wie ein Zwang, sagt sie, regelrecht eine Sucht, weißt du, der Rausch des Rauschhaften scheint sich verflüchtigt zu haben und verflogen zu sein, ich hätte mir das nie zugetraut, sagt Katrin nicht ohne Stolz auf ihre gewiß beachtlichen Vasenwerfleistungen, obwohl sie immer noch weint. Ob sie getroffen hat, sagt sie nicht, wahrscheinlich geht es auch gar nicht so sehr ums Treffen, als vielmehr um das Werfen an sich und das dem Werfen vorangegangene Unverständnis und Unverstandensein seitens eines Mannes, der ein allumfassendes Verständnis für alles arglistig nur vorgetäuscht hatte, bevor das Verständnis abrupt sich in Unverständnis verwandelt und Katrin zum Vasenwerfen veranlaßt hat, weil so viel umfassendes Unverständnis sie sprachlos macht. Sprachlosigkeit, sagt sie und gibt sich selbst eine Sprachlosigkeit als Grund für nächtliches zwanghaftes Vasenwerfen an, das gleichwohl im kleinen sich nächtens bei Katrin vollzieht mit hoffentlich kleinen Vasen, wenn auch natürlich nicht ganz im stillen, der Einsatz fliegender Haushaltsgerätschaften als Kampfmittel gegen den Unverstand eines verflogenen Wunders in Verbindung mit dem Schreien der ohrenentzündungsgeplagten Kinder kostet Katrin vermutlich den Schlaf und die Nachtarbeit, sie sagt, diese Ohnmacht, ich halte die Ohnmacht nicht aus, ohnmächtige Sprachlosigkeit hält Katrin gefangen und von der Arbeit ab, höre ich, während den neuen Mann in seiner grenzenlos unverständigen Männlichkeit gar nichts vom Arbeiten abhält, insbesondere auch kein Markt, der eine ohnmächtig unverlangt nach Geld, Brot und Arbeit verlangende Katrin wegen der beiden unterbetreuten Kinder sprachlos vom Geld abhält, wohingegen sich ihr einstiger Zwangsehemann sowie nun auch noch eine unverständige Werbe-Erwerbung ungehindert auf diesem Markt halten, aufhalten und mächtig tummeln dürfen, während sich Katrin brotlos die Nächte um die immerhin bislang wenigstens schmerzfreien Ohren schlägt, wofür sie Verständnis braucht, dringend, sonst schlägt sie zurück, vielmehr wirft wie im Zwang mit Vasen. Im Augenblick bin ich nicht sicher, ob ich meinem eigenen Verständnis recht trauen kann, und eher dankbar, daß wir am Telefon sprechen, der Gedanke an das Opfer der Katrinschen Wurfsucht ist mir nicht angenehm, es ist nie angenehm, an die Opfer zu denken, man fühlt sich dabei gleich so schuldig, auch Katrin, erfahre ich, weint gar nicht wegen der Brotlosigkeit, wie ich irrtümlich dachte, mit gutem Grund mißtraue ich meinem Verständnis, sondern weil sie sich schuldig fühlt; dabei, sagt sie, habe ich gar nicht getroffen, mir fällt ein Stein vom Herzen, aber fast hätte sie doch einmal beinah getroffen, und daß sie sich jetzt so schuldig fühlt, sagt sie. Nach diesem Geständnis geht es ihr offenbar gleich schon viel besser, so ein Geständnis entlastet, auch wenn es die Frage der Kinderbetreuung nicht endgültig klärt, geradezu übermütig klingt Katrin am anderen Ende plötzlich, bevor sie jetzt auflegen muß, weil sie sich wieder verplaudert hat, und dann ist es immer gleich viel zu spät, geradezu munter klingt sie nach all ihren dunklen Visionen, wie sie sagt: weißt du, eines

Tages treffe ich mal, und dann weiß man nicht, was passiert.

***

Bei uns fliegen keine fliegenden Gegenstände, die am Ende noch jemanden treffen könnten. Morde sind dazu da, um jeden Tag in der Zeitung zu stehen, und dann lese ich sie vor, Messer-, Gift- und Pistolenmorde, Doppelselbstmord mit Todesfolge, Zerstückelungen, Eingrabung, Ausgrabung einzelner Leichenteile in und aus weichen Waldböden undsoweiter, schrecklich. Eine Weile ängstigt mich der Gedanke, eines Tages könnte auch Vasenwerfen in der Zeitung vorkommen, aber solange wir uns betrügen, Lilalein, und zuvorkommen im Betrügen, furchtlose Lügengesichter, sind wir sicher vor allem Verstehen. Den Verstand stellt es übrigens auf die Probe, so ein Geduldspiel, jeder ist Hase und Igel, ich hoffe, daß mein Verstand das aushält, nicht daß es mich doch noch umbringt, ein idiotischer Kleiderständer zu sein, die Travestie einer Küchenschürze, eine einzige Lila-Verspätung. Hoffentlich vergesse ich nie die falschen Margeriten. Manchmal kommt es mir nachgerade ein bißchen tickhaft vor, vom Café aus zu Hause anzurufen, um auszurichten, ich sei beim Friseur, und dann nicht beim Friseur gewesen zu sein, wenn ich heimkomme mit meiner Lila-Verspätung und dieser Aufgelöstheit im Haar und bin im Café gewesen oder für mich durch die Straßen spaziert als ich selbst höchstpersönlich, Lila kann mir gestohlen bleiben für ein, zwei Stunden am Nachmittag, oder wenn ich in Bremen zu tun habe, in Recklinghausen, ich gehe mit mir selber essen oder mit anderen Leuten, ich sehe aus wie Lila, ich rede wie Lila, man merkt kaum den Unterschied, aber es ist dieser Unterschied, der ist.

Eines Tages werde ich einmal die falschen Margeriten vergessen haben, übrigens hätte ich nicht mit ihm leben müssen, hätte ich nicht gewollt.

* * *

Eigentlich suche ich nur ein Kleid. Das kommt vor. Das kommt auch bei Menschen vor, die es gibt. Einfach ein Kleid, es muß nicht gerade häßlich sein, das ja nicht ausgerechnet, aber in erster Linie doch auch bloß ein Kleid, weil man eins braucht, ein Kleid als solches, ein Kleid als Gebrauchsgegenstand, was vorkommen kann, man kann ja schließlich nicht nackt durch die Welt laufen, oder was stellt er sich vor? Also ein Kleid, am besten gleich das erstbeste Kleid, das erste ist immer auch gleich das beste, also das grüne Kleid, zu dem Kleid läßt sich weiter nichts sagen, als daß es grün und ein Kleid ist, man probiert, das Kleid paßt, das Grün paßt auch, es ist die Sorte Kleid, die man hat und anzieht und sofort vergißt, ideal, so ein Kleid, die Sache wäre somit geschafft und in kürzester Zeit erledigt und abgeschlossen gewesen. Statt das Ding aber jetzt zu kaufen mit meinem eigenen Geld, fängt Lila *(mein Leben als Kleiderständer)* offenbar an zu zögern, kann sich nun doch lieber nicht entschließen, will lieber doch noch ein anderes anprobieren, verwickelt eine unzuständige Verkäuferin in Erörterungen des guten Geschmacks, also ein rotes will sie noch anprobieren, Rot steht ihr nicht, und das weiß sie, Rot geht grundsätzlich nicht, und schon gar nicht ein solches Rot, wie überhaupt das ganze Kleid nicht geht, weil es ein Frauenhasser erfunden hat, das sieht man sogleich, noch bevor man es anprobiert hat, einen Affront gegen jeden halbwegs intakten Geschmack hat man in Gestalt eines roten Kleides vor sich, alles, was an einem Kleid auszusetzen zu begehren sein kann, ist an dem Kleid auch dran, also auszusetzen. Es hängen Geschmacklosigkeiten glitzerig von durchbrochenen Ärmeln herab, der Ausschnitt ist viel zu weit offen, dafür ist das Ganze dann von unten zwar hochgeschlitzt bis zum Oberschenkel, aber insgesamt doch zu lang, aber eng, als hätte man keinen Bauch in der Mitte sitzen, den man aber doch hat, kein Mensch ist doch ohne Bauch auf der Welt, und dann also auch noch die Farbe.

Das Kleid ist kein Kleid, sondern ein Vorspiel, und Rot ist nicht meine Farbe, jedenfalls nicht dieses Rot; welches Rot übrigens hat das Kleid, fragt endlich der Mann, weil er auch sieht, daß dieses Kleid scheußlich ist, daß eine Lila Hilfe braucht, um mit Hilfe des grünen Kleides zu sich selbst zu finden, was sie offenbar selbst nicht kann, jedenfalls nicht, wenn der Mann dabei ist; folgt langwierig umständlich das Abfragen der Farbe Rot, die bekanntlich ausreichend Varianten hat, um ein Spiel draus zu machen, so ein Rot oder solch ein Rot, nein?, vielleicht jenes Rot, auch nicht, also was ist das jetzt für ein Rot? Genervte Blicke der genervten Verkäuferin, die ein Kleid verkaufen will, irgendein Kleid, das interessiert doch eine Verkäuferin nicht, welches Kleid sie der Kundin verkauft, man wird doch noch Kleider verkaufen können, ohne Farbenlehre betreiben zu müssen, wie sie irrt, die genervte Verkäuferin, das Paar hier will Farbenlehre betreiben, bis es zu einem Kleid gelangt, schließlich kommt mir sehr zögernd zuletzt der Gedanke, daß dieses Kleid dieses Rot hat, so ein ganz besonderes Rot, ein, sagen wir, chemisches, unkleidgemäßes Rot, Lila ist leider farbenblind und kann ein vulgäres Etwas von Unkleid nicht von einem Kleid unterscheiden und ein Rot nicht von einem Grün, und das dauert, das braucht blinde Geduld, bis Lilalein endlich begreift, was sie selber nicht sieht, weil sie lei-

der ein bißchen vertrottelt ist: nicht das rote, das grüne Kleid soll sie nehmen.
Das Doppelblindspiel, sage ich mir, wenn ich den Laden verlasse, ein Kleiderständer mit Mann dran, im Rücken genervte Blicke, dieses Doppelblindspiel bringt dich noch einmal um den Verstand. Du wärst nicht die erste gewesen, die dabei ihren Verstand verliert.
Oder:
Es kommt vor, und immer häufiger kommt es vor, daß ich sage, tu's nicht, Lila, laß die Dummheit doch einmal bleiben, wenn ich sehe, wie Lila die Schürze umbindet, den fertig gekauften Hummer zückt, als hätte sie ihn nicht nur selber gekocht, was sie nicht hat, sondern als Hummer gewissermaßen auch selber kreiert und geschaffen und großgezogen, wo nicht einmal Delikatessenläden Hummer zu schöpfen imstande sind, sie kochen sie bloß und verkaufen sie dann, und meistens sind sie zu lange gekocht, folglich trocken und folglich zäh, so auch dieser Hummer. Lila greift fix und fertig die Mayonnaise, als ob sie Eier, Senf, Essig und Öl zusammenzurühren imstande wäre, dann zieht sie ein Gesicht an, als ob sie eben doch nicht Eier, Senf, Essig und Öl zusammenzurühren imstande wäre, damit ihre Gäste staunen sollen, daß da Mayonnaise ist und zum Hummer serviert wird von einer als Lila verkleideten Küchenschürze, und dann sagen die Gäste ohh!, und Lila wird noch bewundert dafür, daß sie trotz des Gesichts vielleicht doch Eier, Senf, Essig und Öl zum Hummer zusammenzurühren imstande ist, womöglich den Hummer gar eigenhändig ins Wasser zu tun und die knapp zwölf Minuten zu warten, bis er gar ist und fertig (dann wäre er auch nicht trocken wie dieses fertig gekaufte Delikatessentier). Ich sage, schau dir das an: erst ist es der eigene Mann, der dir Mayonnaise nicht zutraut und sie statt dessen selber

rührt, und jetzt auch noch deine Gäste, paß auf, meine Liebe, sage ich, irgendwann bist du so weit, und dann weißt du selbst nicht mehr, wie es geht: man muß wirklich nur Eier und Senf und Essig und Öl mit dem Rührgerät rühren, und das ergibt Mayonnaise. Lila ist taub für die Metamorphose von Eiern, Senf, Essig und Öl in eine Mayonnaise, weil sie selbst gerade metamorph ist; ich finde den Auftritt mit Küchenschürze bedenklich, die Gäste spielen mit und sagen ohhh, weil ein Hummer viel Geld kostet, weil Mayonnaise gerührt worden ist, weil die Welt eine Küchenschürze bereit hält, an die sie sich heute hängen können, und weil sie sich freuen, daß ich sie einlade, obwohl sie die falschen Leute sind.
Wieso, sagt Lila, sind das die falschen Leute, sie hat Angst, ich könnte ihr ihren Auftritt verderben, ich sage, wer einer Küchenschürze zuprostet, die nicht einmal Mayonnaise gerührt hat, geschweige denn Hummer geschöpft und gekocht, das können nur falsche Leute sein, und es ist dann auch schon egal, ob diese falschen Leute allesamt auch noch falsche Vergangenheiten, die falschen Gesichter und falsche Hände und Zukünfte haben, das ist dann schon alles egal; im Augenblick glaube ich nicht, daß Leute, die einem überteuerten Hummer in Küchenschürze mit Mayonnaise schöntun und zuprosten, im Leben überhaupt irgendwas wesentlich Richtiges machen können, im Grunde denke ich, das schließt sich eigentlich aus. Lila zischt, pfui, wie bist du so puritanisch, spielverderberisch findet mich Lila; mir scheint, ihr ist es jetzt auch schon egal, wen sie einlädt, wem sie die Hand gibt, sie gibt jedem die Hand, ohne hinzuschauen, ob es vielleicht eine falsche Hand ist, die dauernd falsch klatscht, und ich bin froh, daß mein eigener Mann das sieht: was für falsche Leute sich Lila zum Klatschen einlädt; wenigstens dafür hat er Gespür, denke ich, wenn er mir schon nicht zutraut,

aus Eiern, Senf, Essig und Öl Mayonnaise zusammenzurühren.
Dann sitzen sie, und es gibt Hummer, über den gesprochen wird, manchmal wird über Vivaldi gesprochen nach dem Hummergespräch, das mit dem Hummer endet, man weiß nicht genau, warum Vivaldi, es muß in der Zeitung gestanden haben, und man hat sie gerade an diesem Tag nicht gelesen; es wird über den Wein gesprochen, während der Wein getrunken wird, sodann über Kriege und ihre Führbarkeit. Kriege überhaupt, von denen es welche gibt, mehr als uns recht ist, gibt es Kriege; während die Frage ihrer Führbarkeit längst nicht beantwortet scheint, finden sie einfach statt, obgleich die Frage ihrer Führbarkeit nicht gelöst und beantwortet ist; die Spielbarkeit von Vivaldi zuvor ist bejaht worden, es ist herausgekommen, daß Vivaldi nicht allein spielbar, sondern in seiner Spielbarkeit und Gespieltheit heutzutage ein Muß sein muß, während sich an der Frage der Führbarkeit von Kriegen die Gemüter erhitzen und sodann die Geister scheiden: die einen sagen, Kriege sind führbar, helas, sollen die Kriege geführt werden heute, wie sie immer geführt worden sind oder anders, immer sind schließlich Kriege geführt worden in der Welt, also sollen sie auch geführt werden nach der Natur oder anders, solange die Welt am Ende nicht doch noch untergeht, die anderen sagen, nein, keinesfalls sind sie führbar, Streit. Die einen sagen, sie wollen sich lieber nicht streiten, schon gar nicht über die Führbarkeit von Kriegen und Kriege überhaupt, zudem kein Thema zum Hummer, die anderen sagen, daß das wohl aber ja ein Thema sei, nicht nur Kriege, sondern das Streiten auch, das Streitenwollen und -können zwischen Menschen und Freunden, zwischen Geliebten auch, eine Streitkultur nämlich, die es im Augenblick zu entwickeln gilt, da es sie noch nicht gibt, nicht hier

jedenfalls, während woanders gibt es sie nämlich, unumwunden muß zugegeben werden, daß es woanders zwar Kriege, aber doch auch eine Streitkultur gibt; soweit man sehen kann, gibt es hier hingegen vorerst lediglich Nußknacker für Hummerscheren und kleine Kuchengabeln, die wir der Einfachheit halber Hummergabeln jetzt nennen wollen; die Aschenbecher sind voll; plötzlich fallen Wörter wie Demokratie und zivil, die sofort Beklemmung und Schweigen auslösen, Ratlosigkeit, jemand sagt, er findet das alles obszön, Lila findet zuvorkommend, an so einem Hummer ist eigentlich nicht viel dran, jemand leert unauffällig die Aschenbecher; die Frage der Erbschaftssteuer erfordert weitere Getränke, der Sättigungswert von Hummern steht jetzt auch noch in Frage, doch das ist Lilas Problem, wir sind alle nicht hier, um satt zu werden, dennoch: haben unsere Mütter nach dem Krieg – wir alle bis heute demzufolge noch nicht recht hummerfähig; aus Anlaß der Mütter und der besagten Epoche erneuter Streit über Kriege und ihre Führbarkeit, nunmehr ein nationales Problem, steigende Erbitterung besonders zwischen Paaren, die eine etwaige Führbarkeit oder Nichtführbarkeit von Kriegen entschlossen noch heute erproben müssen, probeweise erwähnt jemand ohne Erfolg Vivaldi, aber nun werden bereits Dinge gesagt, die schon immer einmal gesagt sein wollten, Lila sagt aufs zuvorkommendste mit Blick auf die Hummerteilleiche, die vor ihr tot auf dem Tisch herumsteht, und wie sie guckt, so komisch, daß nach ihrem Dafürhalten Hummer doch sehr überschätzt sind und werden, jemand leert still die Aschenbecher und gießt Wein in die Gläser nach, Frauen wollen jetzt aufbrechen und vor allem die Frage der Kriege nicht unter Alkohol weiter bearbeiten, sondern nachher zuhaus, wo die Kinder in Frieden schlafen, und die Kinderbetreuung will auch nach Haus, Vivaldi ist

längst vergessen, Dinge sind gesagt worden, solche, die Anwesende betreffen, und solche, die Abwesende betreffen, das kann man beim Wein nicht so recht auseinanderhalten, die Männer wollen gesammelt noch nicht nach Hause, sondern noch weiter trinken, Dinge sind ausgesprochen und unwidersprochen und unwiderrufen geblieben, und nach und nach fällt den Freunden jetzt langsam ein, daß nach Abzug der Erbschaftssteuer gemeinschaftliche Raten für gemeinschaftliche Häuser und Wohnungen ausgemacht und vereinbart sind, Waffenstillstand, ob sie führbar sind oder nicht, diese Kriege.
Du, sagt Lila dann, wenn sie raus sind, ist das nicht wieder entsetzlich gewesen? Mir ist vollkommen schleierhaft, wie das nur immer passiert, wie die Leute nur dauernd hierher und gleich aneinandergeraten. Laß uns so schreckliche Leute nicht noch einmal einladen, nein?

* * *

Nächstes Mal also: essen wir diesen fertig gekauften gekochten Hummer lieber allein, anstatt uns den Abend mit Hummer, mit falschen Leuten und mit Gewalt zu verderben.
Wenn kein Besuch kommt, machen wir es auch ohne die Küchenschürze. Den Tisch decke ich höchstpersönlich, Mayonnaise entsteht irgendwie (siehe oben), die Zitrone wird nicht vergessen, der Wein stimmt, das Problem mit den Kerzen hast du nicht bei einem blinden Mann, Vivaldi entfällt, keine Tischmusik, überhaupt keine falsche Platte. Versöhnung und trotzdem womöglich sinngemäß eine schöne Spannung. Nußknacker sind reichlich vom letzten Mal noch im Haus, auf Vorrat für Jahre angeschafft. Also schön ist es nämlich zu zweit so allein zuhaus. Also. Gut. Also der Hummer ist etwas trocken und zäh, das

kommt vom zu langen Kochen, der Wein stimmt, die Nußknacker knacken, die fehlende Tischmusik insbesondere ist sehr gut und tut gut. Also. Jedenfalls sehr viel besser als diese falschen Leute, über die es, weil sie nicht da sind, auch nichts zu berichten gibt. Wenn natürlich jetzt diese Leute da wären, dann könnte man hinterher sagen, die lädt man sich nicht mehr ein, aber Leute sind keine jetzt da zum Nichteinladen nächstes Mal, so ein Hummer, an einem Hummer ist wirklich nicht sehr viel dran.
Was ist das bloß jetzt? Ihr werdet euch doch nicht langweilen wollen, so war das nicht gedacht. Fällt keinem jetzt etwas ein?
Lila zum Beispiel: was Lila erlebt hat im Leben. Zum Beispiel hat Lila doch eine Kindheit gehabt, über die sich eventuell etwas berichten ließe, oder hatten sie das bereits? Gut, so weit braucht man ja nicht zurückzugehen, wenn das schon dran war in all den Jahren, aber einen Tag hat Lila heute vermutlich gehabt zum Erzählen von diesem Tag, so ein Tag enthält auch allerlei, warum fällt denn nun Lila nichts ein mit dem Tag, den sie heute gehabt hat, das hat doch schon morgens angefangen mit Aufstehen und Zähneputzen, fällt ihr das Wetter wieder nicht ein, nicht, was sie anhat und ihr Gesicht? Also sie wird doch nicht auch noch wie Katrin jetzt sprachlos geworden sein. Was sie gesehen hat: zum Beispiel ist ihr auf dem Weg in die Stadt gleich vor der Tür die Weinladenfrau begegnet, das kann ja der Mann nicht sehen und wissen, wie mir die Weinladenfrau begegnet ist, grauer Wintermantel und dicke Stiefel, und eigentlich ist sie auch gar nicht die Weinladenfrau, sondern die Weinladenputzfrau, und steht den ganzen Tag so herum, und genau als Lila die Eichhörnchen über die Straße hat laufen sehen, die zwei, die hier wohnen, ist ihr also die Weinladenputzfrau begegnet, und weißt du, dann kommt man nicht wie-

der los, weil: dann ist die alte Frau Kampe gestorben, direkt gestorben ist sie und soll so viel Geld hinterlassen haben, Erben sind keine da auf der ganzen Welt, die Wohnung wird frei, eine riesige Wohnung soll die Frau Kampe gehabt haben mit ihrem vielen verwitweten Geld, die Weinladenputzfrau hat gelegentlich auch der Frau Kampe geputzt, und jetzt ist es mehr als fraglich, was mit dem Geld passiert, zwei Eichhörnchen sind an Akazien nach oben geklettert, und oben haben die Äste geschaukelt, als sie oben waren und oben herumgeturnt sind, zwei Eichhörnchen, beide rotbraun, der Mann war bestimmt Offizier, sagt die Weinladenputzfrau und sucht jetzt außerdem noch eine Putzstelle, nachdem die Frau Kampe tot ist, Lila könnte fragen, du, brauchen wir nicht eine Putzfrau, aber die Frage verbietet sich wegen der Heinzelmännchen, an die von Lila geglaubt werden muß, und wegen des Hummers, zu dem keine Putzfrau im Augenblick paßt, und Lila hat folglich der Weinladenputzfrau nichts antworten können, von dem Scheidungsdelikt in der Nachbarschaft hat sie auch nichts gewußt, Doppelselbstmord mit Todesfolge, nein wirklich, wird auch eine große Wohnung frei, so ein Unglück, im Grunde das Ganze ein Mißverständnis. Also: Lila fällt diese Weinladenputzfrau im Augenblick einfach nicht ein, dabei hatte der Tag noch gar nicht recht angefangen, Lila kam grad aus dem Haus. Wenn Lila allein aus dem Haus geht, kann sie gar nichts dagegen machen, dann sieht sie wie Lila und trotzdem auch anders aus, und sie bewegt sich auch anders, gleich wenn sie rausgeht, geht sie anders, gelöster, mit ihrer eigenen Zeit, so daß Sima ihr schon von weitem winkt, wenn sie ihr auf der Straße begegnet, das Kind heute an der Hand, auf dem Weg, um Fotos zu machen für Persien, weil sie demnächst nach Persien fahren, das Tuch steckt unter dem Mantel in Simas Bluejeans-

Schlaufe, ein schöner Platz für ein Tuch, eine Bluejeans-Schlaufe, so ein Tuch beim Fotografen reicht sicher für alle beide, obwohl das Kind auch ein Tuch will, nämlich ein eigenes Tuch, das Kind ist schließlich ein Mädchen; Sima lacht, Lila lacht auch, so ein Tuch reicht doch für uns beide, nur lachen dürfen wir nicht, auf Paßfotos darf man nicht lachen, dabei ist doch der Mund auf dem Foto gar nicht zu sehen durch das Tuch; hoffentlich müssen sie nachher nicht lachen.
Warum erzählst du das nicht?
Laufmaschen sind kein Thema. Auch wenn sie zweimal vorkommen an einem einzigen Tag.
Wenn Lila an ihren Tag denkt, fehlen ihr irgendwie Teile. Nämlich ausgerechnet erzählbare Teile, die folglich auch nicht zu erzählen sind. Nicht einmal, was sie erlebt hat, fällt ihr beim Hummer ein, probeweise erzählt sie von einem Autounfall, den hat sie am Mittag gesehen auf dem Heimweg, kein schlimmer Autounfall, aber doch keine gute Geschichte, merkt sie, während sie noch erzählt. Auch wenn sie nicht blind sind, sind Blinde doch unfallgefährdet, ich merke es an der Art, wie er nicht reagiert, und höre rasch auf zu erzählen. Anderes muß nicht erzählt werden, weil wir es längst schon kennen, wir wissen bereits, daß die Kaffeefrau kein Pfund Kaffee verkauft, ohne wieder und wieder vom Krieg anzufangen; hier genau, wo die Kaffeehandlung jetzt steht, muß der Krieg auch gewesen sein, genau nämlich an dieser Stelle, sie als ganz junges Mädchen, kommt heim, und das Haus ist auf einmal verschwunden. Weg. Das eigene Vaterhaus ist dieses Haus doch gewesen, und weg war es plötzlich, wie das war, das Haus und die ganze Straße noch gleich mit dem Haus dazu ausgebombt und verschwunden im Krieg, Gottseidank, der Familie ist nichts passiert, aber alles war weg, was wir hatten, mit einmal haben wir

nichts mehr gehabt, Gottseidank auch kann ihr das heute nicht mehr passieren, weil sie vorgesorgt hat und das Haus wieder aufgebaut, die Straße steht auch wieder, aber: man weiß ja nie, was noch kommt, wie es beim nächsten Mal sein wird und ist, ob nicht doch noch die Welt dann untergeht. Für diesmal war es dieselbe Geschichte, Wiederholungsgeschichte, erzählen entfällt.
Die Straßen waren auch heute Straßen, die Bäume an den Straßen sind Bäume gewesen, nämlich Kastanienbäume, keine Blätter an den Kastanien, weil noch Winter ist, eine andere Straße mit Akazien ebenfalls blattlos, eine dritte mit künstlichen Kirschbäumen und Blättern an den künstlichen Kirschbäumen dran. Die Häuser sind Häuser gewesen, manche höher als andre und manche nicht ganz so hoch, die einen aus Glas, die anderen aus Verputz oder so.
Der Abend, wenn es Lila wäre, die diesen Abend bestreiten müßte, finge wohl an, etwas fade zu werden. Wenn man jetzt einen Fernseher hätte. Oder man hätte Besuch.
Oder wenigstens eine Vorstellungsgabe.
Alles, was ich sehe, sind Hummeraugen. Nicht daß an Hummeraugen sehr viel zu sehen wäre, es sind nur so kleine schwarze Hummeraugen, die aus dem Hummerkopf etwas hervorstehen, schwarze Knöpfe, kugelrunde winzige Knöpfe, bloß dummerweise fällt mir zu diesen Hummerknopfaugen leider ein toter Vogel ein, was nicht schwer ist, die Stadt ist voll von totem Geflügel, an jeder Ecke liegt ein Vogel herum und ist tot. Ich finde, der Hummer guckt so komisch. Zum Wegrennen komisch.

* * *

Die Art, wie er nicht reagiert, so ein eigener Mann – das kommt nämlich von der Vorstellungsgabe, die er

hat, dafür muß man im Grunde dankbar sein, findet Lila. Solange man diese Vorstellungsgabe und einen Mann dazu hat, der sie hat, ist man raus aus der ganzen Geschichte. Lila sagt, schau dir das an, diese ganze Geschichte, einen einzigen mißratenen Blödsinn, geradezu einen üblen Schlamassel findet Lila die ganze Geschichte, nicht die allergeringste Lust hat sie, in einer Geschichte vorzukommen, in der bereits Kinderlosigkeit auf konkurrierenden Märkten vorkommt, das Brennen von Menschen und Ländern, Produktion und Vertrieb und Transport der zum Brennen benötigten Giftbrennstoffe weltweit sowie, ebenfalls weltweit, überquellende Aschenbecher, Steuererklärungen und schmutzige Gläser und Tassen, sechzig und dreißig Grad, in Rußland und hier und anderswo.
Natürlich ist sie im Bild. Manchmal fürchtet sie selbst um ihren Verstand, wenn sie feststellt, wie sehr sie im Bild ist; einmal ist sie mit schwarzen Haaren im Bild, dann mit rötlichen Locken, mit blondem Pferdeschwanz, die Farbe der Wäsche und Unter- und Oberbekleidung ist oft verschieden und variiert, im Bild ist Lila mit grünen und grauen Augen, Augenaufschlag in blau oder hellbraun verhangen geschlitzt mit gelblich so Punkten darin, schmal und mit vollen Lippen, dann wieder üppig mit Busen und runden Hüften, auch in dem Fall sind Lippen volle Lippen, schmale Lippen gelten als säuerlich und kommen im Bild fast nie vor, dafür vielfarbig Ohrläppchen, alabaster über koralle bis tiefdunkelbraunschwarz, gelegentlich Transpiration oder sonst etwas Glänzendes, Feuchtes. Nasen werden hier nicht erörtert, wohl aber Fußknöchel, die erörtert werden müssen, weil Lila damit im Bild ist, auch Fußknöchel können erstaunlich verschieden und variabel sein, nämlich können sie zartgliedrig lang oder kräftig und stämmig breit sein, des weite-

ren Wangenknochen, die, wenn sie breit sind, hervorstechen und slawische Wangenknochen heißen und eine slawische Herkunft von Lila verheißen, wenn sie aber nicht breit sind, eine nicht-slawische Herkunft. Einmal ist sie auch im Bild mit einem Kind, das wird doch hoffentlich nicht ihr eigenes Bild sein und ihr eigenes Kind am Ende, wo hat sie denn jetzt auch ein Kind noch her? Und wer macht bloß immer das Bild, in dem Lila dann ist, doch jedenfalls nicht ihr Mann. Muß man denn nicht den Verstand verlieren? Wo, ist zu fragen, kommen zum Teufel die ganzen Bilder von Lila nur immer her, die macht sie doch nicht alle selbst, oder wie? Die kann sie doch nicht erfinden.

* * *

Der Abend ist, nachdem auch die Steuererklärung nichts hergibt, da Lila sie einfach nicht macht, und also davon nichts zu sagen ist, kurz davor, etwas fade zu werden. Hätte man nicht seinen Mann mit der blinden Vorstellungsgabe. Eine eigentümliche Spannung entsteht im Kopf und im Unterleib, wo eine Spannung hingehört, sie entsteht und bleibt tatsächlich bestehen und erhalten, übersteht noch den toten Hummer, an dem außer toten Augen nun wirklich nichts spannend und sehr wenig dran war, irgendwie wollen wir (wir wollen!) nachher ja schließlich ins Bett finden, wovon Lila offenbar keine Ahnung hat, wie das geht, so sehr mangelt es ihr an Vorstellungsgabe.

Oder: vielleicht hat sie eine Ahnung? Hat sie eine?

Das beschäftigt eine Vorstellungsgabe verständlichermaßen sehr, sogar übermäßig kann es eine Vorstellungsgabe zu Recht beschäftigen, ob Lila eine Ahnung hat oder nicht, wie sie da sitzt mit dem Whiskyglas in der Hand, in dem das Eis so lieb klingelt,

plagen und heimsuchen kann Lilas Ahnung oder Nicht-Ahnung eine liebende Vorstellungsgabe, in der Weinladenputzfrauen nicht vorkommen, keine Sima mit Tuch, keine Kaffeefrau mit wiederholter Zerbombung des Vaterhauses sowie der gesamten Straße und Wiedererwerb von beidem, keine Häuser als Häuser und Bäume als Bäume, mehr oder weniger blattlos zur fraglichen Jahreszeit, in der offenbar alles Wetter nicht vorkommt für Lila, kein schlafendes Kind im Kinderzimmer – daß mir bloß keiner schlafende Kinder weckt! – und keine toten Hummeraugen, weil Lila nichts erzählt, sondern fad vor sich hin schweigt und trinkt, nämlich Whisky trinkt, seit der Wein alle ist, nachdem die Geschichte mit Autounfall sich als doch nicht sehr taktvoll erwiesen hat, weil auch Blinde, die gar keine Blinden sind, dauernd in Unfallgefahr zu schweben vorgeben müssen. Es ist nur natürlich, daß eine Vorstellungsgabe sich eine Weinladenputzfrau und Eichhörnchen auf Akazien nicht so gut vorstellen kann, wenn Lila davon schweigt, weil, mit Verlaub, beides nicht recht ein Thema sein kann für eine Vorstellungsgabe, die Lila mitten in der Welt und die Welt als Versuchung weiß und enttäuscht wäre, wenn Lila sie nicht versuchen würde. Lila, wenn man sie vor sich sieht, wie sie schweigt und vom Whisky jetzt langsam schwermütig und betrunken wird, und wenn nicht vom Whisky, dann von der Spannung, es hängt eine Spannung im Raum, Lila ist vorerst auch eher nicht das Ereignis, das man sich von dem Abend mit Hummer versprochen hat, den Zauber müssen sie selber erfinden, alle beide, und jeder für sich, wozu sonst ist diese Vorstellungsgabe da?
Zum Glück gibt es Lilas Handtasche. Die Handtasche erweist sich als inspirativ, weil: in Lilas Handtasche könnten ja dänische Briefmarken drin sein, die ein Däne in einer Bremer Hotelbadewanne auf

einen dänischen Brief geklebt hat, um sodann in den Brief hineinzuschreiben, daß er mit Lila in einer Badewanne in Bremen sitzt und bei lauwarmem Wasser, das gelegentlich heißer nachläuft, am liebsten lebenslänglich dort sitzen bliebe.

So betrunken kann Lila gar nicht sein, daß sie nicht spürt, wie ein fader Abend durch das briefliche Innere ihrer unaufgeräumten Handtasche eben gerettet zu werden verspricht, man spürt förmlich, wie das Handtascheninnere mit Inhalt Form gewinnt und beginnt zu knistern, und wenn jetzt kein dänischer Brief in der Tasche ist – was dann?

Dann muß Lila am Ende doch noch die Weinladenputzfrau und die zum wiederholten Mal ausgebombte Kaffeefrau und den dauernden Wiederaufbau wahrheitsgemäß berichten, und die schöne Spannung ist wieder hin.

Was aber die Briefmarken in der Tasche und ihre Tatsächlichkeit, also ihre In-der-Tasche-drin-Befindlichkeit betrifft, so sehen wir uns vor die bekannten Probleme gestellt, uralte Probleme übrigens, die bis heute auf ihre Lösung warten. Das erste ist logischerweise ein Zeitproblem: bei aller Entschlossenheit nämlich, mit einer Lila-Küchenschürze gemeinsam wo immer ein Bad zu nehmen, dürfte es wohl kaum einem Dänen gelingen, die fraglichen Briefmarken unerlaubt bereits dann in Lilas Handtasche manövriert und geschmuggelt zu haben, wenn eine liebend-gelangweilte Vorstellungsgabe, Lilas langweilige Schweigsamkeit und ein rundum etwas fader Hummerabend zu zweit einen Dänen mitsamt den dänischen Briefmarken und Badewannen in Bremen überhaupt erst ins Spiel bringen und zwingen und notwendig machen, damit zwei Betrunkene sich erst jeder selbst beherrschen und später gemeinsam ihr Bett finden können? Beiläufig auch ein postalisches Problem bei der Dänen-Erfindung.

Damit ist Lilas Handtasche heute vor entsprechender Durchsuchung sicher, weil eine seriöse Vorstellungsgabe frühestens in ein paar Wochen mit einem Dänen und den dazugehörigen Marken zu rechnen hat.

Das zweite Problem ist das eigentlich tückische. Bei genauerem Hinsehen erweist es sich als philosophisch: nämlich muß man in aller Deutlichkeit fragen, ob das nicht zu weit geht. Kann man wirklich von Lila verlangen, daß sie – müde nach der Fahrt und aufgekratzt, aber sehr müde nach der Fahrt und der Arbeit, todmüde also, gerade so müde, daß sie noch in Ruhe nachts in einer Bar versucht, einen späten Whisky zu trinken, um ruhig zu werden nach einem langen Tag – , kann man wirklich von ihr verlangen, daß sie, anstatt danach ins Hotel zu gehen und sich sodann einmal gründlich auszuschlafen, daß sie also statt dessen auf ihren müden und überanstrengten Beinen nachts noch durch Bremen wankt, um einen x-beliebigen Dänen zu finden, der bereit ist, ihren Mann mit Briefmarken zu versorgen? Womöglich regnet es auch in Bremen, zumindest nieselt es in dieser Jahreszeit meistens, Lila hat wieder die dünnen Schuhchen an, und dann holt sie sich kalte Füße und einen gehörigen Schnupfen. Um es deutlich zu sagen: ich finde das eine Zumutung, vor der ich Lila um jeden Preis bewahren und schützen möchte, zumal sie sich gar nichts aus Briefmarken macht, die für Lila doch immer im Grunde bloß Briefmarken sind, und als Briefmarken sind sie beliebig, Lila kann keine Briefmarke von einer anderen Briefmarke unterscheiden, Lilas Verlangen nach Leben ist jedenfalls kein Verlangen nach Briefmarken, auch wenn man das denken könnte. Lila verwechselt sich nicht mit dem Lila-Bild, das sie macht und abgibt auf Wunsch und auf eigne Gefahr und mit meinem Gesicht, Lila fällt nicht mit dem Bild zu-

sammen; immer da, wo das Bild ist, ist Lila nämlich nicht. So verlangt es zuvorkommend Liebe.
Soll sie lieber die Weinladenputzfrau gestehen?
Die Briefmarkenbeschaffung kann nicht ernst genug genommen werden. Ehen und Einrichtungsgegenstände sind, wie man weiß, schon daran zerbrochen, und Leben sind auch zerbrochen und zerstört worden, Kinder haben sich in Scheidungsdelinquenten und Automatenknacker verwandelt, weil ihre Eltern das Problem der Briefmarkenbeschaffung fahrlässig, wenn nicht sträflich gehandhabt und unterschätzt haben. In der Liebe ist äußerste Kaltblütigkeit geboten, sonst rutscht sie uns aus den Fingern und unter den Fingern weg.
Sehen wir also hin. Der Mann gibt sich nicht mit den Margeriten zufrieden, die offenbar falsche, vertrocknete Margeriten sind. Er verlangt mehr. Die Margeriten können doch noch nicht alles gewesen sein? Der Mann hat Angst vor der Gleichgültigkeit. Gleichgültigkeit ist das übliche Ende der Liebe. Lila hat Angst vor dem Ende der Liebe. Nichts fürchtet Lila so sehr wie die toten Augen. Was also soll sie nun tun? Denken wir konsequent nach!

Der erste Fall: Lila fährt nach Bremen und sucht sich noch gleich in der Nacht einen Dänen. Sie findet einen. Lila versteht bekanntlich nicht viel von Philatelie. Dänisch kann sie auch nicht. Der Däne wiederum kann kein Deutsch. Man spricht englisch. Lila gibt dem Dänen auf englisch zu verstehen, sie brauche einige Briefmarken, weil: ihr Mann sei Philatelist. Der Däne, ein gutwilliger Hüne von einem blonden Mann, versteht sie und gibt ihr bereitwillig ein paar übrigens nicht so besonders wertvolle Exemplare für ihre Handtasche und willigt ein, ein paar weitere auch auf Briefe zu kleben, damit sie abgestempelt sind. Und für die Morgenrocktaschen. Lila reist hochzufrieden heim im sicheren Bewußtsein, ihrem Mann und der Liebe einen Dienst erwiesen zu haben der Art, wie schon die klugen Ehefrauen im Ehe- und Gesundheitsratgeber ihrer Eltern im puritanischen Pfarrhaus den Männern vor vielen Jahren unaufhörlich Gefallen getan und bereitet haben, weshalb die Ehe- und Gesundheitsratgeber nicht offen im Bücherschrank standen, sondern ziemlich weit oben und hinten. Ihr Mann ist hochzufrieden, weil er stillschweigend weiß, daß er Lila kennt, seine Lila, wie er sie niemals nennt, Lilalein, kleine Lila; tagsüber hat er ein paar Wochen damit zu tun, Lilas Taschen, Kisten und Kästen und sonstige Nischen in Morgenröcken und sonstwo ausdrücklich selbstbeherrscht nicht zu durchsuchen und froh über seine Blindheit zu sein, die ihm dennoch erlaubt, sich Badewannen vorzustellen und nicht zu sehen, wie erbärmlich blaß unter der Aprikosenfarbe seine Lila ist, vollkommen übernächtigt, weil sie die Nacht im Regen in Bremen herumgelaufen ist, bis sie den Dänen hatte. Sie hätte sich nach dem Bad besser abtrocknen sollen, denkt unerschrocken der Mann, aber das sagt er natürlich nicht. Irgendwann hören die Briefe auf, so weit ist alles bestens, nach einer Weile regt sich jedoch erneut der Verdacht, und man muß sich dann etwas Neues ausdenken und einfallen lassen. So immer weiter, wie es in Ehe- und Gesundheitsratgebern von Lilas Eltern im Pfarrhaus stand, die beiden werden zufrieden alt, ein schöner Zauber ist so ein Verdacht bis ins hohe Alter, und da man sich ständig was Neues ausdenkt, merkt keiner, daß es die ganze Zeit immer dasselbe Spiel ist. Kraft und Geduld. Gelegentliche Nackenverspannungen werden wiederholt weichgestreichelt. Gelegentliche Fälle und Anfälle von Mordlust oder Ermüdung treten wechselseitig auf, bleiben hinter der blinden Brille oder kommen auf die Bühne, wo man vergeblich versucht, sich das

Blut von den Fingern zu waschen, das gehört dazu wie der Schnupfen zur Badewanne, wenn man sich nicht gründlich abtrocknet nach dem Bad.
Zweiter Fall: Lila fährt nach Bremen und sucht sich den Dänen, findet ihn, sagt ihren Spruch von den Briefmarken. Geschäftssprache ist wiederum englisch. Der Däne, gutwillig wie er ist, sagt, gut, er gibt ihr die Marken, will aber etwas dafür. Der Däne hat eine Bitte. Der Däne ist nämlich wohnsitzlos und zieht schon seit Tagen durch Bremen, wo die Mieten offenbar auch sehr gestiegen sind, weshalb ein Däne auch in Bremen kein Obdach findet. Und jetzt braucht er dringend ein heißes Bad. Schon weil er ungewaschen erst recht keine Wohnung findet. Das ist einleuchtend. Sowas kommt vor, daß jemand ein Bad braucht. Lila hat selbst schon in Lebenslagen ein heißes Bad brauchen können, sie ist einmal wochenlang durch Paris gerannt auf der Suche nach einem Bad und hat an fast nichts mehr gedacht als an heiße Bäder, sie hat allen Menschen, die ihr begegnet sind, ins Gesicht gesehen und überlegt, ob möglicherweise ein Badewannenbesitzer dahinter steckt, und fast alle Menschen, die ihr begegnet sind in Paris, sind ihr sogleich als Besitzer von Badewannen erschienen, während sie selbst sich besitzlos gesichtslos verfroren erschienen ist, bis in den Traum hinein hat sie das eigene Ungesicht und der Mangel an Badewannen verfolgt, ein böser Traum war Lilas Verfrorenheit, und dann hat sie sich auch noch die Hand gebrochen, Lila begreift die Lage des badebedürftigen Dänen sofort und läßt ihn in ihrem Hotelbadezimmer baden, zuvorkommend, wie Lila ist, klingelt sie noch die Hotelbar an und läßt vom Hotelbarkellner einen Schnaps hochbringen und dem Dänen im Bad servieren, das wärmt dann auch noch von innen. Sie erhält die gewünschten Briefmarken, und alles geht weiter wie oben.

Der dritte Fall: Lila fährt besten Willens nach Bremen, sucht einen Dänen, aber vergeblich. Kein Däne weit und breit läßt sich von Lila finden. Gegen Morgen wankt sie müde zurück ins Hotel, entschlossen, der Liebe zuliebe die Suche nicht aufzugeben und abzubrechen. Am nächsten Tag telefoniert sie nach Hause, daß sie morgen erst kommen kann, ja, Lieber, alles in Ordnung, nein, nicht traurig, du auch nicht, nur müde eben, so müde, überanstrengt wohl, ja, nein, keine Sorgen, also das Flugzeug um 17.30, ja genau dasselbe wie heute, nur halt erst morgen. Kuß an den Mann. Kuß an das kranke Kind. Bestimmt geht es morgen schon besser. Ja. Sie schläft ein paar Stunden und geht, als es dunkel wird, wieder los. Sie tut, was sie kann, aber alle Dänen in Bremen sind wie vom Erdboden heute verschluckt oder erst gar nicht da. Lila beschließt, nicht darüber nachzudenken, warum es in Bremen keine Dänen gibt, weil sie fürchtet, das hat politische Gründe, und sie hat schon wieder die Zeitung nicht gründlich gelesen; Tatsache ist und bleibt: das Unternehmen dänische Briefmarke scheitert. Lila fährt keineswegs hochzufrieden, sondern im Gegenteil mutlos heim. Im Flugzeug schon merkt sie: sie kriegt auch noch einen Schnupfen, weil sie wieder die dünnen Schuhchen anhatte. Sie hat jetzt, so überlegt sie im Flugzeug, zwei Möglichkeiten und also noch immer die Wahl:
entweder gibt sie zu, daß sie die Briefmarken nicht bekommen hat und auch nicht zu erwarten. Das ist, so überlegt sie, während ihr schon die Nase kribbelt, eine ziemliche Niederlage. Der Mann zu Hause ist bekanntlich enorm darauf angewiesen, daß seine Frau den Erfolg in der Welt hat, den er ihr über- und zukommen läßt. Sie wird beteuern können, soviel sie nur mag, daß kein Däne in Bremen zu finden war, daß ganz Bremen heut nacht praktisch dänenfrei war, ihr Mann wird sie trösten und streicheln und tun, als

ob er ihr glaubt; und doch: wird der Stachel sitzen, und der Zweifel wird nagen, der Mißerfolg wird an ihr hängen und hängenbleiben und niemals ganz ausgemerzt werden können; so gut kennt sich Lila; für jedes Scheitern ist sie alleine verantwortlich, sucht sie den Grund an sich und in sich, eine Zumutung findet sich Lila, ihre aprikosenfarbene Blässe sodann nicht nur Folge von Schnupfen und Überanstrengung, sondern Merkmal und Mal des Versagens als Frau und Dänenfinderin; man weiß, wie das weitergehen wird: schleichend zunächst diese Selbstzweifel durch Scheitern in einer Welt, in der Erfolg gefragt ist und alles ist auf der Welt, angeschlagenes Selbstbewußtsein, plötzlich fängt Lila an, Fehler zu machen, schon folgt ein Fehler dem andern, Mißerfolg türmt sich auf Mißerfolg, auch beruflich, plötzlich kann sie sich nicht mehr recht trauen; die Kollegen werden wachsam, fangen sie an zu bedauern, es wird immer öfter die Rede auf Urlaub und Mangel an Urlaub, folglich Urlaubsreife von Lila kommen und gebracht werden, weil Lila unkonzentriert bei der Arbeit ist, Vertragsangebote bleiben aus, nicht sofort, aber schleichend und unerbittlich, wenn Lila aus ihrer Rolle fällt, man wird sagen, das hängt mit dem Alter zusammen, dürfen Frauen wie Lila altern? Frauen überhaupt, dürfen Frauen altern? Natürlich dürfen sie altern, nur altert es sich furchtbar schnell mit dem Mißerfolg, schneller als heutzutag nötig, so schnell, wie Lila durch die erfolglose Dänensuche ins Alter sich stürzt und gestürzt wird, so schnell können wir gar keine Greisinnenrolle für Lila erfinden und schreiben beim Fernsehen und anderswo. Nein, sagt Lila im Flugzeug schaudernd und zieht die Nase geräuschvoll hoch, daß der Herr neben ihr, der aussieht, wie Herren aussehen, wie eine Briefmarke der andern ähneln sie sich zuweilen, findet Lila, die keine Brille aufhat, daß der Herr also etwas von Lila abrückt, um sich nicht anzustecken, wo Lila offenbar Schnupfen hat. Nein, sagt Lila, Niederlagen haben geheimgehalten zu werden, vertuscht zu werden, koste es, was es wolle, sonst droht über kurz oder lang der Ruin, der soziale Abstieg und Tod und das Arbeitsamt mit all diesen Formularen, und dazu der blinde Mann. Lila will keinen Ruin, kein Vor-der-Zeit-Altern, keinen sozialen Abstieg und Tod. Nein.

Also: sie gibt es nicht zu. Guckt sich am Flughafen rasch einen einigermaßen passablen Vorbeigänger aus, es muß nicht der Herr aus dem Flugzeug sein, nichtmal Däne muß der Herr sein, nur auf Trenchcoat, das weiß Lila, legt ihr Mann unbedingt Wert, dann drückt sie dem Verdutzten rasch ihren Koffer und Mantel in die Hand, der Trenchcoat ist etwas dunkler geraten als der vom letzten Mal, hoffentlich fällt es nicht auf, denkt sie, zu dem Trenchcoat sagt sie, pardon, und ist eben unglücklich umgeknickt oder ausgerutscht, hat sich den Knöchel vertreten, nein, nicht verstaucht, nur vertreten hat sie den Knöchel, würden Sie mir mit dem Koffer wohl helfen, es sind nur die paar Schritte vor bis zum Gate, bis zum Ausgang, am Ausgang wartet der eigene Mann, sieht die ordnungsgemäß verspätete Frau, sieht einen fremden Trenchcoat mit dem Koffer und Mantel von Lila, findet es unnötig, daß der Geliebte von Lila gleich zwei Trenchcoats hat, als ob ein einziger Trenchcoat nicht reichen würde, und dann sind sie auch noch so ähnlich, Lila drückt dem Verdutzten innig die Hand, strahlt erfolgssicher selbstgewiß ihren Mann und den fremden Trenchcoat an, also muß sie, wie er sie kennt, die dänischen Briefmarken haben, und man kann sich beruhigt der Aufgabe widmen und zuwenden, Taschen und Kisten und Kästen und sonstige Nischen von Lila in den nächsten Wochen ausgiebig nicht zu durchsuchen. Auch in diesem Fall: zufriedenes gemeinsames Altern, vor allem nicht vorzeitiges Altern, sondern alles zu seiner Zeit, also zeitgemäß altern. Einziges Ärgernis hier wie oben: einen scheußlichen Schnupfen hat sich Lila in Bremen geholt.

Bleibt der vierte Fall, in dem das Wetter nicht so sehr eine Rolle spielt, sondern womöglich ein Drehbleistift. Auch spricht der Däne nicht englisch, sondern akzent-, wenngleich nicht dialektfrei deutsch, und Lila muß ihn nicht suchen und finden, weil sie ihn längst schon hat, vielmehr umgekehrt: weil er sie schon längst im Auge hat; so genau wissen wir es nicht und wollen es gar nicht genauer wissen.
Wir müssen leider für den vierten Fall ins Auge fassen, daß Lila unter dem Vorwand, sie wolle in Bremen bloß Briefmarken tauschen, mit einem als Dänen verkleideten Deutschen oder so ähnlich ganz was andres tauscht als Briefmarken für den Mann, vielleicht sogar Dinge, die niemanden etwas angehen, schon gar nicht einen als Dänen verkleideten Deutschen und die entsprechenden Akten. Also was sind das für Dinge, sagt der dänische Deutsche und will solche Dinge wissen, weil Akten geführt werden wollen.
Was ein furchtloses Lügengesicht ist, kann Lila an dieser Stelle natürlich nicht kneifen; nur verwechseln dürfen wir sie nicht damit. Sie tut es vorerst auch nicht.
Lila sagt also, was sie weiß. Wir halten die Luft an.
Nämlich sagt sie:
Ja also. Er ist nämlich gar nicht blind, dieser blinde Mann.
Jetzt ist es raus, und Lila hat es gesagt.
Der dänische Deutsche schaut Lila prüfend an und überlegt, ob er lachen soll. Weil: das ist natürlich

dem dänischen Deutschen nicht neu, daß der Mann gar nicht blind ist. Das weiß doch längst jeder. Weiß denn Lila als einzige etwa nicht, daß das jeder weiß? Das steht doch schon in der Akte. Deswegen gibt es die Akte ja. Er hätte schon Lust zu lachen, aber dann lacht er doch nicht, weil sich Lachen von Staats wegen nicht gehört. Gut. Lila ist leicht erleichtert. Irgendwas tun muß er aber, wo er von Staats wegen schon nicht lachen darf. Wenn jetzt der Drehbleistift noch nicht erfunden wäre, müßten wir ihn erfinden, damit der dänische Aktendeutsche jetzt einen Drehbleistift zum Dran-Drehen hätte, weil er weitere Dinge wissen will, die zu der Akte gehören, und jetzt kommen also schamlos die weiteren Dinge:

– daß die Heinzelmännchen den Abwasch machen –
(Drehen des oben erfundenen Objekts)
– daß Lilas Kleider von selbst in den Schrank spazieren; also erst in die Reinigung und von der Reinigung dann in den Schrank zurück –
(ungeduldiges Drehen des Drehbleistifts)
– Aschenbecher mit Selbstleerungsautomatik –
(bösartiges Klopfen mit dem genannten Gegenstand auf die altmodische Resopal-Tischplatte mit dem gelblichen Aktenvorgang darauf)

Wunder über Wunder, die Lila berichtet, staunenswerte Zustände herrschen in unserem Haus, der deutsche Däne aber, anstatt zu staunen und sich die unerhörten Dinge und Ereignisse im Hause Lila fleißig aufzuschreiben und zu notieren, dreht, was das Zeug hält, an seinem eigens für ihn zum Dran-Drehen erfundenen Drehbleistift. Also weiter!

Lila sagt tatsächlich in aller Unschuld, was sie weiß. Also?

– Gelegentliche Besuche bei einer Maniküre.

Wie? Ob Lila tatsächlich an Manikϋren glaubt? Womöglich an die Kunstfertigkeit von Maniküren?

Glaubt sie tatsächlich, daß eine Maniküre ist, was sie ist, eine Maniküre? Vielleicht gibt es sie gar nicht?
Darüber hat Lila nicht nachgedacht. Warum soll eine Maniküre nicht Maniküre sein? Wir sind außerordentlich dankbar für Lilas Mangel an Vorstellungsgabe. Sie ist es auch.
– Gelegentliches Schachspiel mit einem Freund. Ihres Wissens Arzt, dieser Freund.
Der dänische Deutsche beginnt, an Sabotage zu denken, aber Lilas blauer Augenaufschlag läßt ihn zu der Schlußfolgerung gelangen, daß Lila wirklich einen Freund für einen Freund und ein Schachspiel für ein Schachspiel hält, der Drehbleistift hat keine Chance. Wir sind einem Blinden außerordentlich dankbar für seine Vorstellungsgabe. Lila ist es auch.
Lila kauft, fast hätte sie das vergessen, auf dem Flughafen einen halbvertrockneten Blumenstrauß, damit der Flieder daneben besser zur Wirkung kommt, Lilalein, beim Heimkommen stößt sie kleine Freudenschreie aus, so ein Kind ist sie dann, so ein Kobold mit offenem Haar. Vom Taxi ist alles Wetter im Grunde wie gar kein Wetter, komm laß uns heut Hummer essen, komm wir bleiben heut abend zuhaus.

Jemand hat leise den Resthummer abgeräumt, während ich vor dem Kamin im Sessel sitze und versunken rauche bis weit in die Nacht, bis das Eis im Whiskyglas längst geschmolzen ist, jetzt pustet er mir durchs Haar, in den Nacken, falsche Leute sind keine heut da zum Nachhauseschicken, komm, laß uns hinübergehen. Im Moment habe ich gar keine Lust auf Bremen, wo ich doch aber hin muß, nicht auf Bremen und nicht auf Recklinghausen, schon gar nicht bei diesem Wetter.

* * *

Katrin das nächste Mal zufällig auf der Straße: ich vermute, daß das östliche Kinderbetreuungsmodell, rund um die Uhr, Tag und Nacht, nicht nur nicht abgeschafft, sondern anstands- und umstandslos auch im Westen jetzt eingeführt worden sein muß, ohne daß Katrin ihre Drohung mit Magersucht und Migräne wahrmachen mußte. Katrin ist offenbar schwanger. Die machenschaftliche Kinderlosigkeit auf dem Markt scheint mit all ihren Konkurrenzen gründlich beseitigt worden zu sein, vermutlich der Markt überhaupt, ich bezweifle, daß jemand in so kurzer Zeit so sehr rund werden kann wie Katrin. Es müssen Zwillinge sein. Zu meiner Beruhigung ist ein Mann dabei und sieht wohlauf aus und unbeschädigt. Ich bin froh, daß uns der Werbespezialist nicht enttäuscht hat und etwa im Stich gelassen, allerdings frage ich mich, wie ein noch so verständiger Werbespezialist nach Beseitigung des Marktes eine sechsköpfige Familie ernähren will. Irgendeine nicht mehr so recht erwartete Revolution muß sich kürzlich ereignet haben, das Geld ist vermutlich gleich mit dem Markt auf einen Schlag mit beseitigt, das könnte sein, jahrelang warten alle auf eine Revolution, und es kommt keine, und ausgerechnet wenn keiner mehr mit ihr rechnet, daß sie noch kommt, kommt sie doch noch, und dann kommt sie prompt an dem Tag, an dem man die Zeitung nicht liest, weil man heute nicht damit rechnet. Ich mache mich vorsichtig mit dem Gedanken vertraut, daß sich in meinem Portemonnaie Falschgeld befindet.
Grüß dich, du, sagt Katrin und lächelt mir zu und dem Mann hinterher, und während der Mann Zigaretten holt – vielleicht war die Revolution ein Irrtum – lerne ich rasch das Herstellungsverfahren für zwei Mädchen; im Unterschied zum Herstellungsverfahren für ein einzelnes Mädchen hat jenes nichts mit der Sauna zu tun, sondern mit einem Versehen

ärztlicherseits, weißt du, ein hormonelles Versehen, nicht so richtig weiß ich aber, was ärztlicherseits hormonelle Versehen bewirken im Gegensatz zu einer Sauna – Zwillinge, Drillinge, Mehrlinge etwa? – , aber zum Glück, höre ich, sind es wirklich zwei Mädchen; sogar drei Mädchen waren es anfangs, eigentlich müßte ich klagen, sagt Katrin, ich verstehe, daß Katrin nicht nur dem Zwangsehemann von ehemals, sondern dem gegenwärtigen Arzt wegen seines kunstwidrigen Verhaltens und Herstellungsfehlers einen Prozeß machen müßte, widerwillig würde sie klagen, natürlich, sechzig und dreißig Grad, aber klagen müßte sie wirklich, wie kommt ein Arzt dazu, Katrin unverlangt drei statt nur ein Mädchen hormonell herzustellen, ich habe mir einen groben, wenn nicht den gröbsten Verfahrensfehler vorzustellen, wie entrüstet Katrin mich ansieht, weißt du, die östliche Kinderbetreuung, derzufolge auch frischgeborene Drillinge rund um die Uhr betreut werden könnten, scheint im Westen möglicherweise doch noch nicht eingeführt, bestimmt gibt es auch noch einen Markt. Ich will doch hoffen, daß es noch einen Markt gibt, wenn schon die unverlangt ärztlicherseits in Katrin hineingebrachten Zwillinge, die anfänglich sogar Drillinge waren, nicht betreut werden können, aber gegen den Arzt, der das zu verantworten hat, müßte Katrin nun unbedingt klagen. Nach dem Verbleib des ehemaligen Drillings traue ich mich nicht zu fragen. Ausgeschaltet, sagt Katrin triumphierend. Dafür gibt es ein Verfahren. Was ein ärztlicher Kunstfehler ist, das muß dann auch repariert werden können, weißt du. Die nette Frau hat einiges an Reparaturarbeit durchgemacht. Ich verstehe etwa: das Verfahren zur Ausschaltung unverlangt in Frauen hineingelangter Drillinge muß für die Mutter schmerzlich sein, es war barbarisch, sagt Katrin, während ich unauffällig den Tabakladen im Auge behalte, aber so barbarisch,

wie es auch war, war es doch notwendig, stell dir vor, mit einem Mal hast du fünf Kinder. Nichts stelle ich mir vor. Trotzdem posthospitale Trauerzeit – das arme Kleine, es konnte doch nichts dafür – , Depression, es war wirklich barbarisch. Und jetzt ist der Muttermund offen, sagt Katrin vorwurfsvoll. Warum kommt bloß der Mann nicht wieder? Irgend jemand muß schuld sein, irgendein Vorwurf ist in der Welt wegen Katrins offenem Muttermund, der einfach nicht wieder zugeht, das muß demnächst zugenäht werden, erklärt sie mir, ohnedies ist es nur allzu wahrscheinlich, daß die Zwillinge vorzeitig und verfrüht sturzgeburtlich zur Welt und von dort sodann möglichst umgehend in den Brutkasten kommen und kommen müssen, unbedingt muß man sie aber an einem geplanten Doppelselbstmord jedenfalls so lange hindern, bis sie wenigstens brutkastenfähig sind.
Der Tabakladen muß einen Hinterausgang haben.
Wie sie so auf der Straße steht und mich kummervoll, aber gefaßt durch die Brille groß ansieht, hat diese Frau ein Schicksal, es ist ihr nicht anzumerken, daß in ihrem Innern zwei todeswillige Zwillinge nur auf den Augenblick warten, in dem sie sich ihr aus dem offenen Muttermund stürzen und sofort auf der Straße sterben können, bevor noch die Brutkastenforschung Verfahren entwickelt hat, ihr naturwidriges Vorhaben zu vereiteln; der Fast-Vater scheint sich dem Drama durch Flucht im letzten Moment entzogen zu haben; Katrin hofft doch sehr, daß sie drinbleiben, die beiden Mädchen, wenigstens bis ihr der Muttermund vier Zentimeter weit zugenäht worden ist; und dann könnt ihr nicht mehr raus, sagt sie liebevoll, klopft sich sacht auf den Bauch und lächelt den Mann an, wie er unerwartet mit Zigaretten jetzt aus dem Laden kommt, wo ich ihn gerade aufgeben wollte, eine hat er sich drin schon angezündet.
Das ist heute schon deine vierte, sagt sie zärtlich;

jetzt muß sie schleunigst heim und sich hinlegen, ich verstehe, ich mag sie nicht drängen, aber plötzlich ist mir der Gedanke unangenehm, daß sie mit einem offenen Muttermund durch die Straßen und Wochenendmärkte bummelt, viereinhalb Zentimeter, während zwei Kinder ganz ohne Kinderbetreuung zu Hause herumsitzen müssen. Zwei Mädchennamen übrigens hat sie längst und für alle Fälle bereit; ich bete, daß diese Fälle nicht jetzt auf der Straße eintreten, beziehungsweise aus ihr heraus sich zu Tode stürzen, bevor die Brutkastenforschung und Kinderbetreuung diesen Fällen zumindest einigermaßen gewachsen sind, doch, zwei wirklich hübsche Namen, doch wirklich. Eigentlich hatten wir uns auf Ann-Grit geeinigt, sagt Katrin mit Blick von unten nach oben zu ihrem Mann, ich erinnere mich, ich weiß, daß ich Ann-Grit einmal Glück gewünscht habe, ja, nämlich: Ann-Grit hat uns dann doch nicht so gut gefallen, es waren zuerst ja auch drei.
Drück mir die Daumen, sagt Katrin, aber bevor ich die Daumen drücken kann, damit sie jetzt endlich geht und sich hinlegen kann, tritt sie noch rasch auf die Restzigarette am Boden, dann sagt sie: wenn ich nur daran denke – dann fängt das alles von vorne an. Kaum ist der Kleine raus aus den Windeln, daß man mal zu sich kommt, fängt das alles schon wieder von vorne an, und diesmal auch noch mit zweien!

* * *

Nach Bremen muß ich aber. Das hat gar nichts mit dänischen Briefmarken oder halbwelken Blumensträußen zu tun, sondern mit meinem Beruf. Lila sagt, es kommt eines Tages der Tag, da bleibe ich einfach zuhaus und gehe nicht mehr raus unter Leute. Sie sagt es so, daß ich denken muß, dieser Tag ist bereits gekommen, nämlich jetzt ist der Tag gekommen, und Lila will nicht nach Bremen. Wenn Lila sagt, daß sie nicht mehr rausgeht, und meint, sie fährt nicht nach Bremen, werde ich ziemlich böse, ich sage, wenn du damit anfängst, kommst du irgendwann gar nicht mehr raus. Verträge haben gehalten zu werden, Termine sind in der Welt, und Geld hat verdient zu werden, ich erinnere Lila daran, daß Geld nicht immer verdient worden ist, sondern gelegentlich gar nicht verdient worden ist und vorkam im Leben, ich sage, du kannst dich wohl noch erinnern, wie man jegliches Geld dreimal ausgeben mußte, weil man es gar nicht hatte. Lila erinnert sich wohl, aber trotzdem sagt sie, ich will aber nicht nach Bremen, Beruf hin, Beruf her, sie hält keine Leute aus, plötzlich sind alle Leute nur falsche Leute, weil Lila mit einem Mal gar keine Leute mehr aushält, überhaupt keine Leute hält sie jetzt aus, ob sie falsch oder richtig klatschen. Und das Spiel mit der Briefmarke ist schließlich kein Grund, nach Bremen zu fahren. Ich sage, es ist ja nicht nur des Geldes wegen, aber willst du denn deinen Beruf an den Nagel hängen. Lila will ihren Beruf sicher nicht an den Nagel hängen, das nicht, aber. Sowas gibt es, verstehst du, sagt Lila, ich halte es nicht mehr aus. Ich sage, das kann schon sein, daß es so was gibt, jemand will einfach nicht raus und seine Arbeit machen, natürlich gibt es das, was gibt es daran zu verstehen oder nicht zu verstehen, aber. Lila will trotzdem nicht raus, auch wenn es da nichts zu verstehen gibt. Lila wäre so gern allein. Ich sage, das soll ich glauben, das glaubst du doch selber nicht. Doch, das glaubt sie, sehr sogar glaubt sie das, schon immer hat sie nur allein daran und an nichts andres geglaubt. Wenn du allein bist, sage ich, willst du doch gar nicht allein sein. Dann liegt doch immer ein totes Getier in der Gegend herum und guckt dich so komisch an. Wie störrisch Lila sein kann! Wenn ich nicht allein bin, guckt mich auch immer alles Mögliche komisch an, sagt sie, ich sage, ich weiß, aber ich hätte geschworen, du magst das. Lila ist entsetzt, daß ich jetzt auch noch so anfange wie ihr Mann. Fängst du auch noch so an, sagt sie; ich habe mich zu entschuldigen, meinerseits aber zu fragen, warum zum Teufel Lila diesen Beruf hat. Sie hat ihn ja schließlich gewählt. Ich zähle andere Berufe auf, die es gibt, Berufe unter Ausschluß der Öffentlichkeit zum Beispiel, schöne Berufe gibt es, warum hat Lila diesen Beruf gewählt, der sie gelegentlich in die Welt, unter Leute, nach Bremen verschlägt? Lila kann sich nicht mehr erinnern, Lilalein, sie murmelt etwas von schrecklicher Müdigkeit, und daß sie bald nicht mehr kann, die Verstellung, und irgendein falsches Spiel ist im Spiel, das sie leid ist und das sie über hat, ich sage, na bitte sehr, wenn schon, jedenfalls ist es abgemacht, daß du nach Bremen fährst, aus was für Gründen auch immer, ob das Verstellung ist oder Geldverdienen, ist mir nachgerade egal, nur wenn man einmal anfängt, nicht hinzufahren, dann wird es wirklich gefährlich, dann wird es bald ein Wahn. Sie ist beleidigt, weil ich ihr Wahn zutraue. Ich schließe mit der drohenden Bemerkung, daß Geld nicht vom Himmel fällt. Lila sagt angewidert, wie es ihr nachgerade egal ist, das Geldverdienen, wie es mich ankotzt, sagt sie, daß du so geldgierig bist, wie bist du nur so geworden. Ich bin beleidigt, weil Lila mich für geldgierig hält, ich sage, du hast schließlich Mann und Kind. Wieso Kind, sagt Lila verblüfft, als ob sie das ganz vergessen hätte. Hat sie das ganz vergessen? Das hast du wohl ganz vergessen, daß in deinem Leben außer Briefmarken auch Gutenachtküsse vorkommen und ausgetauscht werden, sage ich. Ich mag es nicht, daß meine Stimme so höhnisch klingt, nicht an dieser Stelle. Lila soll mich nicht auch noch für schadenfroh halten. Lila fängt an, mich für spießig zu halten.

Wie mich das anwidert, deine Spießigkeit, sagt sie; ich hingegen sehe nicht, was daran spießig sein soll, daß einem Kind ein Gutenachtkuß zusteht von einem beliebigen Elternteil oder sonstwem, Gutenachtküsse müssen sein; ich will nicht anfangen, pädagogisch zu werden und Sinn und Zweck der Gutenachtküsse sowie die Folgen ihres Ausbleibens zu schildern und zu erörtern, nicht wenn Lila wütend ist. Lila ist wütend. Lila macht sich jetzt schon auf alles gefaßt, sie sagt, am Ende muß ich mich auch noch darauf gefaßt machen, daß wir krankenversichert sind, am Ende auch lebensversichert. Wir sind. Wir sind sogar arbeitslosenversichert, aber das sage ich nicht. Aus taktischen Gründen. Ich denke, wenn ich ihr das jetzt sage, wird sie gar nicht nach Bremen fahren. Beiläufig stelle ich fest, daß sie schon jahrelang ihre Post offenbar nicht mehr liest und gelesen hat, sonst wüßte sie, daß sie kranken- und lebens- und arbeitslosenversichert ist, wie es scheint, macht das alles der Mann, der offenbar eine stille Vorliebe für Lilas Postgeheimnisse hat. Ich sage, hör mal, Lila, so geht das nicht: wir sind doch wohl keine Kinder. Lila wird wild. Lila kann das nicht hören, alles kann sie hören, aber das nicht, Lilalein, Lila sagt, hör bloß damit auf, du redest wie meine Mutter. Ich hatte nicht die Absicht, wie ihre Mutter zu reden, es erschrickt mich, ehrlich gesagt, wie Lilas Mutter geredet zu haben, trotzdem sind wir ja keine Kinder, auch wenn Lila das nicht hören kann, weil ihre Mutter so redet. Ich sage, das tut mir leid, aber trotzdem. Lila fängt an zu weinen. Ihrem Weinen entnehme ich etwas von Häusern am Wasser, von Einsamkeit, Zweisamkeit, Dreisamkeit und folglich Erholsamkeit, immer in Tränen. Ich habe keine Lust, die bekannten Einwände gegen die Pfahlbauweise jetzt vorzubringen, wenn Lila heult, was allenfalls ihren Mann rühren könnte, aber doch mich nicht. Ich sage, mir brauchst du nun wirklich nichts vorzuheulen, ich erinnere nochmals daran, daß Gelder und Pfahlbauten nicht vom Himmel fallen und daß Verträge gehalten zu werden haben. Lila hört blitzschnell auf mit dem Weinen und wirft theatralisch den Kopf in den Nacken. Verträge sind da, um gebrochen zu werden, sagt sie ihrerseits höhnisch, hast du das auch schon vergessen? Wechselseitig scheint es bei uns Fälle und Anfälle von Vergessen zu geben. Ich muß an den Bausparvertrag denken, den sie, vermutlich ohne davon zu wissen, irgendwann unterschrieben hat. Bislang hat sie den Bausparvertrag gehalten. Ich sage, Lila, so kommen wir einfach nicht weiter. Lila sagt störrisch, daß sie auch gar nicht weiter kommen will. Ich will auch nicht weiter, sagt sie. Ich fange an zu heulen. Keinesfalls will ich jetzt an Häuser am Wasser denken, aber ich kann nichts dagegen tun. Lila sagt, mir brauchst du nun wirklich nichts vorzuheulen. Ich höre nicht auf zu heulen, bevor sie nicht sagt, sie fährt. Lila sagt, weißt du, ich weiß, wir wir's machen können. Ich sage, gut, also wie, immer in Tränen sicherheitshalber, auch wenn sie bei Lila nichts nützen. Lila sagt, wir machen es mit der Tante. Sie klingt konspirativ, was ein schlechtes Zeichen ist, blitzschnell höre ich auf zu weinen und sage, keineswegs machen wir es mit der Tante, oder hast du etwa vergessen, daß wir es nicht mehr machen wollen. Das Tantensterben und Tanten-Beerdigen-Müssen ist eine Zeitlang ziemlich beängstigend gewesen, epidemisch geradezu. Irgendwann sind es sehr viele tote Tanten gewesen, und ich habe gesagt, das muß aufhören, so viele tote Tanten, wie du im Keller hast, kann ein einzelner Mensch gar nicht haben und sterben lassen, aber Lila hat weiter Tanten gemordet, bis ihre zweitletzte lebende Tante gestorben ist, sie ist gerade an so einem Tag gestorben, als Lila wieder eine Tante umbringen wollte, und Lila hat ihre zweitletzte lebende Tante wirklich gemocht, ihre letzte lebende auch, und dann hat sie aufgehört, weil sie dachte, am Ende ist sie noch schuld am Tod dieser letzten Tante. Ich sage, wir machen es schon seit Jahren nicht mehr mit der Tante. Lila sagt, nehmen wir doch eine Großmutter, weil ihre Großmütter tot sind. Überhaupt keinen aus der Verwandtschaft, sage ich streng, und Lila sagt, du bist feige. Meinerseits finde ich Lila feige und sage es. Bremen ist alles andere als gesichert, wenn Lila, bloß um Verträge nicht halten zu müssen, wieder anfängt, ihre Verwandten zu morden. Es kann unschön sein, wenn wir streiten, weiß Gott, kann es unschön sein, alle beide könnten wir eine gehörige Ladung an Streitkultur dann gebrauchen, die es woanders gibt, aber leider leider nicht hier. Lila ahnt, daß es tatsächlich feige wäre, Bremen auf diese Art abzusagen, und versucht mich zu überreden. Nur einmal könnten wir es doch noch machen, sagt sie, aber es bleibt dabei, ich sage nein, Lila weint, auch wenn es das letzte Mal wäre, die Restverwandtschaft bleibt unangerührt am Leben. Lila findet mich nicht nur feige, sondern rundheraus auch noch humorlos, was ich mir nicht gefallen lasse, ich sage, im Gegenteil, und daß ich jede Menge Humor haben muß, und mit jede Menge meine ich eine übermenschliche Menge, das sieht man schon daran, daß ich dich aushalte, du Süße, was jedenfalls eine Sache der Geduld ist in erster Linie, aber doch ohne Humor zuletzt auch nicht ginge, oder meinst du, es wäre witzig, dir andauernd dabei zuzugucken, wie du das Katzenklo leerst, nämlich immer ins Menschenklo rein, dabei weißt du genau, daß das Klo verstopft, und wenn du's nach hundert Mal noch nicht weißt, dann bist du wirklich so dumm, wie du tust, also. Ich sage, glaub nicht, ich wüßte nicht, daß du's mit Absicht tust, und dann fällt mir ein, was Lila noch alles mit

Absicht tut, und jetzt wird abgerechnet. Jetzt nämlich platzt mir der Kragen. Lilalein. Tut, als könnte sie keine Mayonnaise rühren. Absicht. Tut, als könnte sie keine Tasse spülen. Absicht mit Faulheit. Tut, als wären keine Knöpfe dran an der Waschmaschine. Man steckt die Wäsche in die Maschine hinein, vierzig Grad, dann drückt man auf den Knopf, und das war's. Tut, als gäbe es keine Knöpfe. Glaubt wahrscheinlich, der Strom käme aus der Wand. Hält das auch noch für witzig. Tut, als wüßte sie nicht, daß ein Auto im vierten Gang nicht beschleunigt. Absicht. Aber was für eine? Mordabsicht? Tut, als wüßte sie nicht, wie lebensgefährlich das ist. So viel Humor kann einer gar nicht haben, sage ich und finde mich auch nicht besonders witzig. Es riecht auf einmal verstockt. Das kann vorkommen. Es ändert aber nichts daran, daß wir noch immer nicht wissen, ob sie nach Bremen fährt oder dem Wahnsinn verfallen möchte. Sie hat die Wahl. Und du? Du würdest fahren?, sagt sie schließlich kleinlaut und eingeschüchtert, du an meiner Stelle? Ich denke an die toten Tanten in Lilas Keller und sage, also gut, Lila, ausnahmsweise, nur dieses eine Mal.

* * *

Wir müssen doch noch einmal zurück zum Kamin, an dem plötzlich so eine Spannung knistert, weil Lila nicht von der Weinladenputzfrau gesprochen hat. Die Resthummerleiche stellen wir wieder zurück auf den Tisch, damit sie so komisch gucken kann nachher. Wir trinken und schweigen. Von dänischen Briefen kann zwischen uns keine Rede sein, auch nicht von Weinladenputzfrauen. Das verbietet die Diskretion. Die Beherrschung. Die Selbstbeherrschung. Lila versucht, an Bremen zu denken, sie hat keine Lust auf Bremen. Es müssen Koffer gepackt

und Termine bedacht werden, zudem liegt das Kind mit Ohrenschmerzen, mit Scharlach, mit Husten und einem Loch im Knie im Kinderbett, wahrscheinlich zahnt es, es schläft, Gottseidank, aber trotzdem. Lila wird diesmal das Auto nehmen, die Fliegerei hat sie langsam satt. Es gelingt Lila nicht, an Bremen zu denken, was sie dringend jetzt tun sollte, zumindest ans Kofferpacken sollte sie denken, wenn sie sich schon nicht daran macht, die Koffer für Bremen jetzt gleich auf der Stelle zu packen. Der Mann sagt nichts. Woher kommt nun die seltsame Spannung, die Lila vom Packen abhält, vom Packen, vom Denken, woher kommt das nun, daß ein Schweigen, ein Whisky und Spannung im Raum sind, die das Denken an Ohrenschmerzen verhindern, obwohl auch Ohrenschmerzen bedacht werden wollen, genau wie Termine in Bremen, da fehlt doch schon wieder ein Teil. Die Stimmung ist keineswegs feindlich, unbedingt keineswegs, nur die Spannung ist da und knistert höflich und hindert mit Nachdruck am Denken und Kofferpacken. Etwas Ungesagtes ist nämlich da, etwas Unausgesprochenes, wo eigentlich Ohrenschmerzen sein sollten und Sorgen darum.
Ein Verdacht ist natürlich kein Vorwurf. Vorzuwerfen wäre ihr allerlei, und man weiß ja, wie sowas dann weitergeht und im Weitergehen auch endet, Vorwurf immer auch gleich das Ende der Liebe schon im Anfang der Liebe gewesen, das Ratschlägegeben, das Überzeugenwollen, das Korrigieren, das Rechthaben, wo es doch Rechte nicht gibt, die Liebe als rechtsfreier Raum, wie schützen wir unsere Liebe bloß vor uns selbst?, das Eingreifen und Hineingreifen, Vorwurf als Gipfel des Eingriffs, der Vorwurf auch immer Verwerfung, Vernichtung; folgt der Gegenvorwurf anstelle – ebenfalls sinnlos und bösartig – lahmer Erklärung von Unschuld, Verteidigung als Angriff auf eigne und fremde, auf jegliche etwa be-

stehende, jemals bestanden habende Würde, wo soll man anfangen?, beim Katzenklo, bei der Küchenschürze, und wo soll das enden?, Verärgerung, Groll, Kamikaze und tiefe Verstimmung, irreparable Kränkungen, nicht wiedergutzumachende Kränkungen, Wunden, unheilbar, tödlich, der Mensch explodiert heiß, und es hagelt sodann seine einzelnen Teile, später Abkühlung, Kälte, Scheidungsdelikte, Doppelselbstmord mit Todesfolge, im Grunde das Ganze ein Mißverständnis, Kriege sind gänzlich unführbar geworden, auch wenn sie weltweit geführt werden.
Übrigens ist eine Maniküre für Lila genau eine Maniküre; eine Beule im Auto ist eine Beule, eine unbegreifliche Beule im Auto zwar, aber doch einfach eine Beule und kein Indiz für gar nichts, auch wenn Lila die Beule ins Auto nicht eigenhändig hineingefahren hat, indem nämlich Lila ihres Wissens in letzter Zeit gar nicht gefahren ist, das Auto stand in der Garage, aber die Unbegreiflichkeit einer Beule kann begreiflicherweise nicht mit einem Blinden erörtert werden, sie kann überhaupt nicht erörtert werden, die Beule wird nächstens einmal in aller Stille zur Reparatur gebracht werden und ausgebeult, weggemacht, als Beule ist sie unhinterfragbar nur Beule und schließlich kein Motorschaden. Auch als Motorschaden wäre sie nicht zu erörtern.
Die Spannung knistert höflich und bösartig, ein Verdacht hat nämlich immer recht, diese Hoffnung, daß das, was man sieht, noch nicht alles sei. Da muß doch noch etwas sein?
Nein. Da ist nichts.
Da haben wir den Betrug.
Phoebus hat seinen Sonnenwagen hoffentlich in die Garage gestellt, das versöhnte Händereichen von Frau und Mann und Mann und Frau will kein Ende nehmen, mein Gott, wie entsetzlich, wenn das eines Tages rauskommt. Das Kind nebenan, das hoffentlich

seine Ohrenschmerzen verschläft, und im Schlaf kriegt es sieben Zähne, ähnelt völlig zu Recht dem eigenen Vater, der das hoffentlich niemals merkt, wie schützen wir uns vor uns selbst, unser kostbares Mißverstehen, Verstehen auch immer das Ende der Liebe schon im Anfang der Liebe gewesen, man weiß, wie das weitergeht, das Eingreifen, das Hineingreifen, Verstehen als Gipfel des Eingriffs, immer auch schon die Verwerfung, Vernichtung, Verstehen als Angriff auf eigne und fremde, auf jegliche etwa bestehende, jemals etwa bestanden habende Würde.
Zwei einsame liebe Gespenster, und jetzt bohrt Lila auch noch in der Nase, damit man sie notfalls für eine völlig verrotzte Person halten soll, die es fertigbringt, einen Trenchcoat von einem Trenchcoat zu unterscheiden, Lilalein, so ein Spiel ist das dann gewesen, und wenn jetzt die Hummeraugen nicht so komisch gucken würden, zum Wegrennen komisch: man müßte fast traurig sein, direkt traurig könnte man werden. Das muß am Whisky liegen.
Geht jetzt schlafen. Lila muß morgen früh raus und ihren Koffer noch packen, bevor sie nach Bremen fährt.

* * *

Mir ist den folgenden Tag durch den Kopf gegangen, ob ich mich vielleicht umbringen soll. Der Gedanke hat mich selbst verblüfft, weil ich vollkommen heiter war. Gewissermaßen aus heiterem Himmel ist der Gedanke gekommen, obwohl der Himmel natürlich nicht heiter war, es hat genieselt und streckenweise sogar geregnet, in der Nähe von Hannover hat es arg geregnet, aber anschließend nur noch genieselt, die Straße war frei, und wenn eine Straße frei ist, fühlt man sich auch gleich frei, obwohl man weiß, daß das gar nicht stimmt, man beschummelt sich nur, wenn man denkt, man sei frei, weil die Straße frei ist, aber es macht Spaß, sich so zu beschummeln, kurz vor Bremen ist der Himmel aufgerissen und blaßblau geworden, ich hatte die ganze Zeit vorher im Auto schon laut gesungen, und kurz vor Bremen, als der Himmel plötzlich blaßblau war, habe ich womöglich noch etwas lauter gesungen und beim Singen vor Heiterkeit laut gegluckst, weil die Heiterkeit aus der Kehle herauswollte und fast noch mehr als Heiterkeit war; Weltliebe, habe ich gedacht und das Lied vom dauernden Händereichen gesungen, die Weltliebe, diese Gier, sitzt irgendwo oberhalb meines Magens, man kann nicht gut davon sprechen, es sind nicht die Zeiten für Weltliebe, um von der Weltliebe anzufangen, die einem irgendwo oberhalb des Magens und dann die Kehle hinauf eine Heiterkeit macht, daß man gluckst vor Bewegung; die Welt liegt im Koma, man hat als erwachsener Mensch für die Welt keine Weltliebe, sondern ein Stirnrunzeln, ein besorgtes Stirnrunzeln, zu empfinden und übrig zu haben, aber ich kann nichts dagegen machen, diese Weltliebe überfällt mich von Zeit zu Zeit unpassend unzeitgemäß, wenn ich im Auto sitze und singe. Mein vierter Gang hat hervorragend funktioniert und beschleunigt, meine unzeitgemäße Weltliebe hat auch die Automobilindustrie umschlungen, die einen so prächtigen vierten Beschleunigungsgang entwickelt und mir verkauft hat, sogar die Straßenbauindustrie habe ich bei mir gelobt und geliebt, die eine Straße direkt bis nach Bremen gebaut hat, so eine freie Straße womöglich noch über Bremen hinaus. Als ich gedacht habe, womöglich noch über Bremen hinaus, ist mir eingefallen, daß dahinter schon demnächst das Wasser beginnt und daß Wasser bei blaßblauem Himmel vermutlich ein blaues Wasser ist, der Gedanke, daß kurz hinter Bremen blaßblaues Wasser sein könnte, ist meiner Weltliebe unwiderstehlich gewesen, während Bremen ihr durchaus begann, widerstehlich zu werden, geradezu widerlich ist meiner unzeitgemäßen, vertragsbrüchigen Weltliebe Bremen allmählich geworden, Termine, Vorträge, Leute, das ganze Theater ist ihr zuwider gewesen, während ich laut gesungen habe, glucksend vor Heiterkeit, Übermut, Liebe, alles von oberhalb meines Magens durch die Luft- oder Speiseröhre hinaus. Sogar hinter den beiden Ohren habe ich Weltliebe sitzen gehabt, es ist ganz ähnlich wie Gähnen, nur daß man nicht schläfrig ist. Ein bißchen ist es auch so, wie wenn man in einem Hochhaushotel vom achten Stock mit dem Fahrstuhl hinunterfällt, das Gefühl sitzt hinter den Ohren und ist so ähnlich wie Weltliebe, vielleicht ist es sogar Weltliebe, jedenfalls habe ich kurz vor Bremen zum Tanken anhalten müssen, ich habe vollgetankt und bezahlt und bin dann zum Telefon hingegangen, dann habe ich angerufen und meine letzte Tante gemordet und sterben lassen. Bei mir habe ich diese Tante um Vergebung für das Tantenopfer gebeten, das angesichts eines blaßblauen Himmels und des vermutlich blauen Wassers kurz hinter Bremen in Verbindung mit meiner vertragswidrigen Weltliebe zwar nicht gerechtfertigt, aber doch unvermeidlich war, und dann bin ich weitergefahren, an Bremen vorbei; ich habe mit meinem Alt das Lied vom Sonnenwagen Koloratur gesungen und Lust gehabt, mit einem Happen die Welt zu verschlingen und runterzuschlucken oder in ihr zu versinken und unterzutauchen, so eine Gier war das in der Kehle und hinter den Ohren, den ganzen Nacken hinunter hat mich diese Lust befallen gehabt, ein unzeitgemäßer Jubel, das gibt es, die Autofahrergesichter vor und neben mir haben überhaupt nicht nach Weltliebe ausgesehen oder nach Jubel, aber ich habe sie kurzerhand gleich noch mitgeliebt, und plötzlich habe ich laut gelacht, das Lachen hat gar nicht nach Lachen geklungen, sondern ist fast ein Stöhnen gewesen, so ein Lachen lacht man manchmal, das wie ein Stöhnen herauskommt, ein gieriges Lachen, die Straße hat wirklich zum Meer geführt dank der Straßenbauindustrie, und ohne nur einen Blick auf den Autoatlas, wie von selbst ist das Auto ans Meer gefahren, während der Himmel erst blaßblau und später dann wieder grau war, irgendwo habe ich dann geparkt und bin spazieren gegangen, und das Wasser war Wasser, die Steine waren Steine, der Sandstrand war ein Sandstrand, alles hat aufgehört, und als alles aufgehört hatte, ist meine Heiterkeit immer noch da gewesen, ich habe nicht mehr gelacht und nicht mehr gestöhnt, auch nicht gesungen habe ich, es ist eine ganz leise Heiterkeit dann geworden, immer noch innen drin und bis hinter die Ohren, und während ich völlig heiter war, habe ich mir gedacht, daß ich jetzt gerne eine Pistole hätte; meine Hand hat getan, als hätte sie eine Pistole, sie hat sich selbst aus der Jackentasche hinaus und an meine Schläfe bewegt, an der Schläfe ist der Zeigefinger stehengeblieben und hat in die Schläfe hineingedrückt, ich habe, ohne es recht zu merken, als der Zeigefinger an meine Schläfe gedrückt hat, peng gesagt, meine Lippen haben dabei leicht geknallt, ich bin vollkommen fröhlich gewesen, vollkommen. Mein Gesicht hatte ich unterwegs abgelegt und liegengelassen, weil es zu meiner Heiterkeit nicht recht paßte und folglich entbehrlich war, und als meine Hand die Pistolenbewegung gemacht hat, und ich habe dazu peng gesagt, ist mir aufgefallen, daß nicht nur dieses Gesicht, sondern ich selbst entbehrlich wäre, meine eigene Entbehrlichkeit hat mich auf heiterste Weise befriedigt, und tief befriedigt bin ich am Wasser zurück und den Strand entlang wieder zum Auto gegangen, weil alles aufgehört hatte. Gegen Abend habe ich mir ein Hotel gesucht und zuhause kurz angerufen, ja, Lieber, ja morgen, natürlich, ja, alles in Ordnung, anstrengend halt, die vielen Leute, Termine, das ganze Theater, aber sonst alles in Ordnung, und die Ohrenschmerzen?, ein doppelter Kuß für euch beide, bis dann. Im Hotel habe ich weiter überlegt, ob ich mich umbringen soll, immer noch habe ich diese Weltliebe hinter den Ohren sitzen gehabt, nur daß sie ruhig war und ich nicht mehr lachen und stöhnen mußte, immer ruhiger bin ich geworden, ich habe das Fenster geöffnet und aus dem Fenster geschaut, draußen ist es dunkel gewesen, und ich habe ins Dunkle geschaut, ohne daß ich gefroren hätte, obwohl ich so gut wie fast gar nichts anhatte, am Meer geht immer ein bißchen Wind, und natürlich ist es ein kühler Wind gewesen, weil es noch Winter war. Ich habe gefunden, daß es großartig ist, wenn es mich einfach nicht gibt, die eigene Entbehrlichkeit hat mich völlig durchdrungen gehabt, und schließlich habe ich gedacht, wenn man sich derart entbehrlich ist, braucht man sich nicht auch noch umzubringen, und dann bin ich ruhig ins Bett gegangen und habe sofort geschlafen, und am nächsten Tag morgens war die Weltliebe immer noch da, ich bin wieder am Wasser entlang gegangen, an all den toten Fischen vorbei, die da lagen und irgendwohin ins Leere glotzten, gelegentlich habe ich meinen Pistolengedanken gedacht, und dann bin ich heiter heimgefahren, auf das Wetter habe ich gar nicht geachtet, es wird irgendein Wetter gewesen sein bei der Rückfahrt, irgendein Wetter ist immer. Kurz nach Hannover habe ich nochmal getankt und beim Zahlen an diese falschen Blumen gedacht, die ich immer mit heimbringen muß wegen des lila Flieders, ich habe die kläglichen Margeriten gekauft und gedacht, hoppla, das wäre fast schiefgegangen, mit den Margeriten bin ich zur Cafeteria gegangen, und da jedenfalls habe ich sie noch gehabt. Als ich Kaffee getrunken habe, habe ich sie noch gehabt. Sie haben auf dem Tisch neben mir gelegen und waren halbwelk und gerade richtig, während der Kaffee bloß bitter und lauwarm war und nicht einmal halbwegs richtig, aber sogar der Kaffee hat meiner Weltliebe keinen Abbruch getan, ich bin nach Hause gefahren und sehr vom versöhnten Händedrücken von Mann und Frau überzeugt sowie von der eigenen Entbehrlichkeit völlig durchdrungen gewesen.

* * *

Später dann, sehr viel später, als alles vorbei und vorüber war, Schuß, Gegenschuß, und dann war es auch schon das Ende und Schluß der Verstellung, wie schnell das dann alles ging, wie schnell das vorüber war, später habe ich mich oft gefragt, ob es Absicht war. Man kauft doch die falschen Blumen nicht, um sie dann liegenzulassen?